너와 나의 한여름

최이랑
장편소설
너와 나의
한여름
주의
Caution

차례

스콜

빗방울이 후드득후드득 창가를 때렸다. 선생님이 흘깃 밖을 보았다. 선생님 손에는 성적표가 있었다. 순간 쏴 폭우가 쏟아지며 순식간에 빗물이 창문을 덮쳤다.

“우와!”

창밖을 내다보며 아이들이 탄성을 질렀다. 수직으로 내리꽂히는 비는 시원해 보였다.

“스콜이네.”

옆자리에서 혜리가 심드렁하게 말했다. 나는 눈을 동그랗게 뜨고 혜리를 보았다. 요즘 혜리는 뜬구름 잡는 말을 자주 뱉었다.

“완벽한 아열대성 기후라고.”

혜리가 시큰둥하게 말을 붙였다.

"아!"

우리나라가 아열대성 기후로 접어들었다는 말은 몇 해 전부터 심심찮게 들렸다. 기후 변화. 이상 기후. 인간들이 지구의 자원을 함부로 소비하고 환경을 마구 파괴한 탓에 머지않아 지구가 파멸할 거라나 뭐라나. 그런 날이 십 년 뒤라면 아니 길게 잡아 이십 년 뒤라면 나는 어떻게 될까. 스물여섯 살, 서른여섯 살일 텐데. 지금의 엄마보다도 훨씬 젊은 나이인데 그때 지구가 멸망한다면…….

"집중!"

선생님 목소리가 커졌다. 창문을 두드리는 빗소리에 지지 않으려는 듯이.

"이제 성적표 배부한다."

선생님 말이 끝나기 무섭게 아이들이 한숨을 뱉으며 책상을 때렸다. 오늘은 3학년 1학기의 마지막 날. 성적표를 받아야 끝나는 일과다.

"전유미!"

선생님이 내 이름을 불렀다. 나는 잽싸게 튀어 나가 성적표를 받았다. 그리고 자리로 돌아오면서 눈어림으로 성적을 훑었다. 시험이 끝나고 수업 시간에 확인한 성적과 다르지 않았다.

"하아……."

나는 한숨을 뱉으며 성적표를 책상 위에 탁 뒤집어 놓았다. 책상에 엎드려 있던 혜리가 고개를 들어 나를 보았다. 왜 그러느냐 묻는 듯한 얼굴이었다. 알면서. 나는 입을 꾹 다문 채 선생님을 보았다.

'고혜리, 너는 성적 잘 나왔어? 마음에 들어서 그러고 있는 거야?'

혜리에게 묻고 싶었다. 하지만 아직 종례가 끝나지 않았다.

선생님이 방학 동안 조심해야 할 사항을 줄줄이 읊었다. 덥고 습한 계절이니 건강 조심할 것, 과목별로 방학 숙제 꼼꼼히 챙겨서 해 올 것. 말끝에는 '수행 평가'라는 단어도 붙었다. 방학 숙제는 2학기 수행 평가에 포함된다. 그러니까 잘하라는 말이다.

"석차 확인하고 싶은 사람은 3학년 교무실로 오세요. 이상!"

선생님이 회장을 쳐다보았다. 회장이 자리에서 발딱 일어났다.

"차렷, 경례!"

"행복한 하루!"

3학년 1반의 인사말이 쩌렁쩌렁 울렸다. 처음에는 낯간지러워 입안에서 얼버무리던 말이었는데 한 학기 동안 수차례 반복하다 보니 익숙해진 것 같았다.

'행복한 하루. 과연 가능한 거야?'

마음속이 어수선하니 인사말에도 시비를 걸고 싶었다.

"가자!"

혜리가 가방을 어깨에 둘러멨다.

"잠깐만!"

나는 혜리의 팔목을 잡았다.

"교무실 들렀다 가자."

나는 가방을 메고, 자리에서 일어났다.

"석차 확인하게?"

혜리가 물었다. 나는 고개를 끄덕였다.

"이번에 너 진짜로 아쉬운가 보다!"

혜리가 피식 웃었다. 나는 휘휘 고개를 저었다. 아쉬워서만은 아니었다.

"이 상태로 그냥 집에 가면 방학 내내 학원에 잡혀 있어야 해."

나도 모르게 입이 삐죽 나왔다. 그만큼 내 심장도 틀어졌다. 중학교 3학년은 달라야 한다고 정신 똑바로 차리라고 목청을 돋우던 엄마가 생각났다. 엄마가 원하는 결과를 만들어 내지 못하면 나는 방학 내내 엄마의 잔소리 동굴에 갇혀 지내야 할 거였다. 엄마에게서 자유로워지려면 무조건 성적을 올려야 했다. 그래서 나는 잠을 줄이고, 딴짓하는 시간도 덜어 내며 기말고사를 치렀다. 하지만 크게 달라진 게 없는 듯 보였다. 성적만 봐서는 말이다.

"석차도 별반 차이 없으면 어떡해?"

교무실로 향하며 혜리가 물었다. 내 얼굴은 단박에 구겨졌다. 이럴 때 보면 혜리가 5년 절친이 맞나 의심스럽다.

"미안, 미안!"

혜리가 내 팔을 톡톡 두드렸다.

"석차라도 올랐어야 해. 진짜야."

주먹에 불끈 힘이 들어갔다. 성적은 지난 중간고사 때랑 비슷했다. 만일 문제의 난이도가 더 높았다면, 석차는 올랐을 거였다. 그러면 엄마에게 할 말이 생긴다.

"그래. 꼭 올랐기를 두 손 모아 빌어 줄게."

3학년 교무실 앞 복도에서 혜리가 팔짱을 풀었다. 그러고는 두 손을 모았다.

"나 혼자 들어가?"

"응!"

혜리는 한 치의 고민도 없이 답했다.

"넌 석차 안 궁금해?"

혜리는 당연하다는 듯 두 눈을 끔뻑거렸다. 석차든 성적이든 아무런 상관이 없다는 얼굴이었다.

"부럽다."

생각이 입 밖으로 튀어나왔다. 혜리는 내 말에 긍정하듯 활짝 웃고는 가방 앞주머니에서 이어폰을 꺼냈다. 푸르르. 나는 입술을 털고 교무실 문을 열었다.

담임 선생님 앞에 같은 반 아이들 몇이 서 있었다. 석차를 확인하려는 아이들이었다. 금세 내 차례가 돌아왔다.

"어디 보자, 유미는……."

선생님이 석차가 적혀 있는 표를 열더니 다른 아이들의 이름과 석차가 가려지도록 만든 종이를 그 위에 덧댔다. 내 이름을 확인한 다음 나는 눈길을 오른쪽으로 돌렸다.

석차	총인원
1/	222

222명 가운데 17등!

"아!"

중간고사에 비해서 4등이나 떨어졌다. 왜지?

“이 정도 떨어지는 건 괜찮아. 다음 학기에 조금만 더 신경 쓰자.”

선생님이 말을 붙였다. 아무래도 표정이 다 드러났나 보다.

‘신경 쓴 건데요!’

크게 외치고 싶었다. 나는 중간고사 때보다 4등쯤 올리고 싶었다. 그런데 올리기는커녕 현상 유지도 못했다.

“뭘 더 어떻게…….”

신경을 써야 하냐고 선생님에게 물어보려는 찰나였다.

“그러니까 네가 왜?”

담임 선생님 맞은편에서 새된 소리가 울렸다. 3학년 5반 선생님 목소리였다. 교무실의 눈길이 모두 그쪽으로 쏠렸다.

“아니, 그게요…….”

우수가 머쓱한 듯 뒷머리를 긁었다. 그러고는 교무실을 휘둘러보며 씩 웃었다. 마치 아무 일도 아니라는 듯이.

“네가 왜 전산고에 가려고 하느냐고.”

5반 선생님은 참 눈치가 없었다. 눈치가 있었더라면 우수의 눈빛과 표정을 읽고, 목소리를 낮추었을 텐데 말이다.

“전산고가 뭐 어때서요?”

우수가 점잖게 답했다.

“그래. 전산고가 나쁘다는 건 아니야. 아니지, 훌륭한 학교지. 하지만 너는 지금까지 줄곧 성현고에 들어가려고 준비했잖아.”

5반 선생님 목소리가 잦아들었다. 동시에 빗소리가 다시 교무실을 채웠다.

쏴아!

창밖으로 고개를 돌렸다. 혜리 때문인지 머릿속에 스콜이 떠올랐다. 초록빛이 가득한 깊은 밀림에 무섭게 쏟아지는 스콜. 하지만 이곳은 뒤늦게 개발된 지방의 도시였고, 주위에 밀림 따위는 없었다.

“방학 때 과학을 조금 더 신경 써 봐. 그리고 수학도.”

담임 선생님 목소리가 내 생각을 잡아 끌었다. 맞다. 지금 스콜 따위에 정신을 팔 때가 아니다.

“네…….”

나는 선생님에게 고개 숙여 인사하고 몸을 돌렸다. 그러다 슬쩍 앞쪽에 앉은 우수를 보았다. 우수는 자기 반 담임 선생님 앞에 앉은 채 목을 삐뚜름하게 기울이고, 아래턱을 벅벅 문질렀다. 무엇인가 마음에 안 드는지 입술에는 바짝 힘이 들어갔다.

‘이우수가 전산고를?’

다시 우수에게로 생각이 꽂혔다.

우수는 천운중학교 전교 회장이다. 우수는 품행이 단정했고, 전 과목 골고루 성적도 좋았다. 특별히 모나지도 않고 주변 사람들에게 적당히 친절했으며 가끔씩 예리하거나 냉철하기도 했다. 선생님은 물론 아이들 사이에서도 우수의 평판은 대단히 좋았다. 때문에 천운중학교와 관계된 사람이라면 누구든 우수는 당연히 성현고에 갈 거로 생각했다.

성현고는 우리 도시에서 대학 진학률이 가장 좋은 학교였다. 우리 도시 안에 있는 열두 개의 중학교에서 손가락에 꼽힐 만큼 뛰어난 아이들은 두말없이 성현고로 갔고, 그곳에서 학교 측의 적극적인 지원을 받으며 끊임없는 경쟁을 치른 아이들은 서울에 있는 소위 명문 대학교에 척척 들어갔다.

5반 선생님이 목청을 높인 전산고는 중학교 내신 50퍼센트 안에 드는 아이들이라면 누구나 갈 수 있는 학교로 대학 진학이 아닌 취업을 원하는 아이들 사이에서는 제법 유명세가 있었다. 그러니까 천운중학교에서 3년 내내 전교 1등을 놓치지 않던 우수가 전산고로 진학한다는 것은 학교 입장에서도 손해였다. 성현고에 들어갈 수 있는 아이는 한정돼 있었고, 천운중학교는 고등학교 진학률에 신경을 쓰는 사립중학교였다.

"갑자기 왜 저러는 거지?"

교무실 문을 나서며 나도 모르게 홰홰 고개를 저었다.

"뭐가?"

혜리가 불쑥 다가와 큰 소리로 물었다. 순간 정신이 번쩍 드는 듯했다. 지금 한가하게 이우수를 걱정하다니. 아무래도 내 성적이 자꾸 떨어지는 건 나의 이 오지랖 때문인 것도 같다.

"선생님이 뭐라고 그래?"

혜리가 물었다. 나는 바로 고개를 저었다. 우수 생각은 훠훠 날려 버려야 했다. 당장 내 문제부터 해결해야 했다. 우수 문제는 우수가 알아서 잘 해결할 거다.

"하아!"

저벅저벅 복도를 걷는데 한숨이 절로 났다. 4등이나 떨어지다니. 이걸 어떻게 하지? 머리가 지끈거리기 시작했다. 심장도 조이는 것 같고 식은땀까지 나는 것 같았다. 물론 진짜로 식은땀이 나지는 않았지만.

'확인하지 말걸.'

이럴 때를 두고 '아는 게 병'이라고 하는 건가.

"오늘 날씨 왜 이 모양이야?"

학교 현관 앞에서 혜리가 하늘을 올려다보며 인상을 썼다. 나도 혜리 옆에서 하늘을 보았다. 어느새 새파래진 하늘에 하얀 구름이 빠른 속도로 흘렀다. 그 사이로 뜨거운 태양이 맹렬하게 열기를 쏘아 댔다. 한여름의 신호였다.

"가자!"

혜리가 학교 건물 밖으로 성큼 걸음을 디뎠다. 나도 부지런히 따라갔다. 복잡한 머릿속은 나중에 정리하면 될 거였다. 아마도.

운동장 한가운데 스콜이 만들어 낸 웅덩이가 듬성듬성 드러났다. 혜리는 모르는 척 웅덩이에 발을 담갔다. 진흙탕이 혜리의 운동화를 덮쳤다. 혜리의 뒤를 좇던 나는 슬그머니 방향을 틀었다. 진흙탕 웅덩이는 내 취향 밖이었다.

막대 사탕

폭탄 같은 폭우 뒤에 태양은 미친 듯 뜨겁게 내리쬐었다. 혜리는 학교 정문을 빠져나오자마자 새빨간 우산을 폈다. 우산은 양산처럼 보였다. 나는 재빨리 혜리의 빨간 우산 아래 끼어들었다. 태양 빛은 가렸어도 후끈한 열기는 피할 수 없었다. 우산 아래가 후덥지근했다.

"진짜 방학 없었으면 죽었을지도 몰라."

혜리가 진저리를 쳤다. 나는 또 "후우!" 한숨을 쉬었다.

"야, 한숨 좀 그만 쉬어. 할머니 같아."

혜리가 짜증을 냈다. 나는 눈을 삐뚜름하게 뜨고 혜리를 째렸다. 할머니라니. 왜? 서운했다.

"넌 성적 잘 나왔어?"

나도 혜리처럼 목소리에 짜증을 섞었다. 혜리는 단박에 아니라고 했다. 하지만 믿기지 않았다.

"그런데 이렇게 태평하다고?"

적어도 내가 아는 혜리는 이럴 리 없었다. 혜리도 나 못지않게 성적에 신경을 쓰던 아이였다. 우리가 단짝이 된 건 시험, 성적, 평가 이런 단어들 때문이었다.

초등학교 5학년 때였다. 나는 혜리와 같은 모둠으로 수행 평가를 하게 되었고, 우리 모둠은 다섯 명이었다.

"동네 지도 만들기니까 우리 구역부터 나눠 보자."

처음으로 모둠원끼리 모여서 이야기를 나눌 때 제일 먼저 나선 아이가 혜리였다.

"그냥 학교 주변 지도 만들면 되는 거 아니야?"

모둠원 중 누군가가 물었고 혜리는 단칼에 고개를 저었다.

"그냥은 안 돼. 분명한 목적을 가지고 만들어야 해."

"왜?"

누군가 두 눈을 끔뻑이며 혜리를 보았다. 혜리는 입술에 힘을 주며 말했다.

"모든 행동에는 목적이 있어야 해. 그래야 뭐든 잘 해낼 수 있으니까.”

순간 나는 혜리에게서 눈을 뗄 수 없었다. 혜리가 힘 있고 당찬 목소리로 무엇이든 잘 해낼 수 있다고 말하는데 갑자기 내 마음이 커지는 것 같았다. 그리고 부풀어 오른 마음에 힘도 담겼다. 불끈불끈 용기가 솟았다. 나는 혜리의 말에 있는 힘껏 고개를 주억거렸다.

혜리의 주도로 열흘에 걸쳐 동네 지도 만들기가 진행되었다. 우리 모둠은 학교 주변을 다섯 개 구역으로 나눠 모둠원이 한 명씩 지도를 완성했고, 혜리가 구역별로 특징을 정리해 발표했다. 교실에는 박수가 터졌고 선생님도 함박웃음을 지었다. 몇 년 동안 5학년 담임을 하면서 이렇게 멋진 동네 지도를 만든 모둠은 처음 봤다고도 했다. 우리 모둠의 동네 지도는 학교 게시판에 걸렸다. 5학년은 물론 교장, 교감 선생님의 칭찬도 듬뿍 받았다. 함께 칭찬을 받으며 나는 혜리에게 빠져들었다. 나도 혜리의 당찬 모습을 배우고 싶었다.

6학년 때는 다른 반이었지만 그래도 나는 꿋꿋하게 혜리 곁을 지켰다. 성적이나 석차가 선명하게 공개되지는 않았지만, 몇몇 똘똘한 아이들의 성적은 입에서 입으로 전달되며 아이들과 엄마들 사이에 번졌고, 우리 엄마 또한 혜리의 소문을 접했다.

"혜리가 그렇게 야무지다며? 그런 친구가 있는 것도 복이지."

엄마는 내가 혜리와 함께 다니는 걸 꽤나 반겼다. 시험과 성적을 최고로 치는 엄마로서는 당연한 태도였다.

천운중학교에 들어와 자유 학년제로 지내는 1학년 때에도 혜리의 말과 행동은 초등학교 때와 크게 다르지 않았다. 언제나 아이들을 주도적으로 끌고 다녔고, 무슨 일에든 명랑하고 씩씩했다. 혜리와 함께하면 없던 힘이 생겼고 불운의 늪에 빠졌을 때에도 희망의 빛이 보이는 듯했다. 그래서인지 혜리를 따르거나 좋아하는 아이도 많았다. 혜리는 중학교에 입학하고 난 뒤 연애도 쉬지 않았다. 연애 기간은 그리 길지 않았지만 말이다. 그리고 내가 기억하기로 혜리의 마지막 남자 친구는 바로 천운중학교 회장 우수였다.

3학년 교무실에서 본 우수가 다시 떠올랐다. 혜리는 알고 있을까 궁금하기도 했다. 어쩌면 모를 것도 같았다. 혜리는 우수와 두 달 전 헤어졌다.

"고혜리!"

쨍한 목소리로 혜리를 불렀다. 혜리가 눈을 크게 뜨고 나를 빤히 쳐다보았다. 갑자기 머릿속이 멍해지는 기분이 들었다.

'혜리에게 우수 이야기를 꺼낼 필요가 있나?'

머릿속으로 질문이 날아들었다. 나는 입술을 앙다물었다. '굳이'였다. 혜리와 우수는 헤어진 사이였다. 나는 모르는 척 걸음을 옮겼다.

"뭔데?"

혜리가 얼굴을 드밀었다.

"아니야."

나는 재빨리 머리를 저었다. 우수의 속사정이 뭔지 알지도 못했다. 혜리 앞에서 굳이 아는 체할 이유가 없었다.

"넌 방학 때 뭐 할 거야?"

혜리가 물었다. 이번에는 목소리가 살랑살랑 부드러웠다.

"고혜리, 우리 중3이야."

나는 타이르듯 나직하게 말을 뱉었다. 아마도 엄마의 말투가 배어 있을 거였다.

"중3이 뭐 어때서?"

혜리가 눈을 휘둥그레 뜨더니 어깨까지 들썩거렸다. 나는 눈썹을 찡그리고 혜리를 보았다. 몇 달 전부터 혜리가 달라졌다. 자기 할 일을 야무지게 챙기던 고혜리가 아니었다. 정신을 반쯤 빼놓은 듯 멍하게 있는 순간이 잦았고, 목소리에도 종종 칼날을 박았다. 늘 반듯하게 자세를 잡던 아이가 최근 들어서는 자주 책상 위에 몸을 길게 늘어뜨리며 엎드렸다. 그걸 지금에야 눈치챘다.

'우수 때문인가?'

다시 우수가 머릿속을 스쳤다. 우수랑 혜리가 헤어진 게 두 달 전쯤이었다. 가능성이 충분했다.

"이우수 말이야……."

슬쩍 말을 꺼냈다. 순간 혜리가 우산을 뒤로 젖히며 얼굴을 들었다.

"이 날씨에 우산 드는 거 좀 웃기지?"

혜리가 딴청을 피웠다. 내가 우수 이야기를 꺼내기 무섭게 말이다. 곤란한 모양이었다.

'분명히 뭐가 있는데!'

강렬한 궁금증이 머릿속을 파고들었다. 우수가 성현고가 아닌 전산고에 가겠다고 고집을 부리는 것도 둘 사이와 관계 있는 듯했다. 조금 더 아니, 확실하게 알고 싶었다. 그 정도는 알아도 될 것 같았다.

"야, 고혤!"

"맞아, 이 정도 햇볕쯤이야!"

혜리가 빨간 우산을 접어 버렸다. 그러다가 진흙이 묻어 있는 운동화를 발견한 듯 탕탕 발을 굴렀다.

“네 신발은 어떻게 멀쩡해?”

혜리가 내 신발을 보며 환한 목소리로 물었다. 나는 웅덩이를 비켜 왔다. 혜리는 그걸 몰랐다. 그러거나 말거나 나도 내가 하고 싶은 말을 내뱉고 싶었다. 자꾸 딴청 피우는 혜리를 막고 싶었다.

“이우수 전산고 지원한대.”

실제로 우수가 전산고에 지원할지는 모르는 일이었다. 담임이 말리고 있으니 전교 회장 이우수는 반짝 떠오른 생각을 접고 성현고로 방향을 틀 것이다. 그래도 너무나 아무렇지 않은 얼굴을 하고 있는 혜리를 한 번쯤 흔들고 싶었다. 하지만 내 생각은 틀렸다.

“뭐, 걔 마음이지.”

혜리는 아무렇지 않았다. 내 얼굴만 화끈 달아올랐다.

“근데 너 진짜로 이번 방학에 뭐 할 거야?”

혜리가 다시 밝은 얼굴로 물었다.

“글쎄?”

이번에는 머릿속으로 엄마의 얼굴이 들어찼다. 엄마가 그랬다.

중학교 3학년 여름 방학은 매우 중요하다고. 허투루 보내면 절대로 안 된다고. 엄마가 그런 말을 뱉을 때마다 일단 방학이 되면 이야기하자고 피했는데 이제는 그럴 수도 없었다. 진짜로 방학이 시작되었으니까.

나도 모르게 푸우 한숨을 뱉으려다가 입을 꾹 다물었다. 혜리의 날선 목소리를 듣고 싶지 않았다.

"너는 뭐 할 건데?"

혜리에게 질문을 돌렸다. 그러자 혜리의 얼굴에 금세 함박꽃이 피었다. 뭔가 계획이 있나 싶었다.

"여행 갈 거야."

"여행?"

혜리의 답은 뜬금없었다. 나는 부루퉁한 얼굴로 혜리를 보았다.

"언제?"

"토요일."

토요일이면 이틀 뒤다.

"너 그런 말 한 번도 한 적 없잖아."

나도 모르게 얼굴이 구겨졌다. 목소리에도 화가 담겼다. 그럴 수밖에 없었다. 갑자기 그것도 이틀 뒤에 여행이라니, 서운했다.

마음이 왈칵왈칵 뜨거워졌다.

"미안, 미안. 갑자기 그렇게 됐어."

혜리가 내 팔을 잡으며 몸을 흔들었다. 미안하다며 사정이라도 하는 것 같았다.

"갑자기 왜?"

내 목소리는 여전히 퉁명스러웠다.

"뭐, 그게 진짜 갑자기는 아니고……."

"뭐야, 갑자기라며!"

뜨거워진 마음이 부글부글 끓어서 터질 것만 같았다. 안 돼. 나는 두 눈에 바짝 힘을 넣었다.

"이모한테 가는 거야. 이모가 양양에서 사업을 시작했거든."

혜리가 고분고분 말을 붙였다. 나는 빡빡하게 힘을 준 눈으로 혜리를 쳐다보았다. 이모가 사업을 시작한 것과 중학교 3학년 여름 방학을 맞이하는 혜리 사이에 상관관계는 없어 보였다.

"좀 도와 달라고 해서……."

혜리가 말을 흐렸다.

"이모 사업을 네가 돕는다고?"

또다시 목소리가 날카로워졌다. 내 팔을 잡고 있던 혜리가 손을 놓았다. 그러고는 뚱한 얼굴로 나를 보며 물었다.

“내가 이모한테 도움이 안 될 것 같아?”

혜리 얼굴에 화가 박혔다. 더 이상 윽박지르면 안 될 것 같았다.

“아니, 이모가 무슨 일을 하시는지는 모르지만…….”

“도움이 될 만하니까 부르는 거야.”

혜리가 새치름하게 말을 마쳤다.

‘당연히 그렇겠지…….’

나는 아랫입술을 질끈 깨물었다. 그런데 이상한 게 있었다.

“여행이라며?”

분명히 혜리가 그랬다. 여행 간다고. 혜리의 말은 지금 앞뒤가 맞지 않다. 무엇인가 거짓이 끼어 있는 거다.

“여행처럼 생각하고 가려고.”

혜리가 말을 덧붙였다. 나는 눈썹을 찡그린 채 혜리를 쳐다보았다.

“양양이 엄청 핫한 관광지잖아. 이모 일 도우면서 놀기도 할 거야. 일석이조!”

혜리가 싱긋 웃었다. 방학 일정은 이미 결정된 듯 보였다. 혜리도 없이 덥고 지루할 게 분명한 여름 방학을 보내야 한다니! 가슴이 갑갑했다.

"후유!"

나는 길게 한숨을 뱉었다. 할머니 소리를 들어도 어쩔 수 없었다. 갑갑한 마음은 풀어야 했다.

"이거!"

혜리가 막대 사탕을 내밀었다.

"참 나!"

나는 혜리를 째리며 막대 사탕을 받았다. 마음이 무겁게 내려앉을 때면 나는 막대 사탕을 먹었다. 달달하게 입안에 쩍쩍 눌어붙는 그 느낌이 필요했다. 그리고 혜리는 나를 참 잘 알았다. 지금 나에게 막대 사탕이 필요하다는 걸 바로 알아챘으니 말이다.

"방학 끝나기 전에는……."

혜리가 말을 하다 말고 나를 빤히 응시했다. 나는 콧방귀를 뀌었다.

"당연히 돌아와야 하는 것 아니야?"

나는 막대 사탕을 쭉 빨며 퉁퉁거렸다. 혜리는 봐주기라도 하는 것처럼 말없이 고개만 끄덕거렸다.

갑자기 아르바이트

천운초등학교가 보이는 큰길 앞에서 나는 혜리와 헤어졌다. 나와 혜리의 모교, 천운초등학교 주변으로는 다가구 주택이나 빌라가 많았다. 혜리는 학교 뒷골목으로 걸어서 쭉 올라가면 나오는 태양빌라에 살았다. 나도 원래는 혜리네 근처에 있는 빌라에 살았는데, 천운초등학교 건너편에 생긴 아파트 단지로 이사를 했다.

천운초등학교는 천운중학교에서 걸어서 20분 거리에 있다. 그러니까 천운초등학교 가까이 사는 아이들은 매일 왕복 40분을 걸어 다녀야 했다. 중학교에 입학하고 초반에는 왕복 40분의 도보가 너무나 멀고, 험난한 것 같았다. 3학년이 되니 이 정도는 일도 아니었다. 오히려 시간이 조금 더 걸렸으면 싶기도 했다. 혜리와 함께 이런저런 이야기를 나누며 걸어오는 시간은 편안했다. 물론 오늘처럼 투닥거리는 날도 있지만 말이다.

"오호, 오늘 무슨 일 있어?"

낯익은 목소리가 머뭇거리는 신경을 잡아 세웠다. 나는 고개를 돌려 목소리의 주인을 찾았다. 역시나 편의점 사장님이었다.

"뭐 그냥요……."

"어? 오늘은 막대 사탕 있네."

시무룩하게 대꾸하는데, 사장님이 목소리를 훌쩍 키웠다. 나는 새끼손톱만큼 남은 막대 사탕을 힐끗 쳐다보았다.

"친구가 줬어요."

"그래서 방앗간을 그냥 지나치는구나?"

사장님이 생긋 웃으며 허리를 폈다. 왼손에는 테이블 위에 놓였던 것으로 보이는 비닐봉지와 음료수 캔이 들렸고, 오른손에는 분홍색 걸레가 있었다. 아마도 편의점 앞 테이블에 누군가 머물다 간 모양이었다.

"그런 건 아닌데……."

나는 마치 자석에 이끌리듯 편의점을 향해 방향을 바꿨다.

아파트 정문에서 150미터 가량 떨어진 곳에 자리 잡은 편의점은 사장님이 방앗간이라고 표현할 만큼 나의 최애 단골집이었다.

특히나 30대 후반의 젊은 여사장님이 지키고 있는 오후 시간에는 특별히 사야 할 물건이 없어도 꼭 들렀다. 그러고는 막대 사탕을 물고 종알종알 사장님과 수다를 떨었다. 3년 전에 이곳에 편의점을 낸 사장님은 이상할 정도로 나와 잘 맞았다. 엄마랑 아빠가 잃어버린 나의 친언니인가 싶을 만큼 말이다. 물론 언니라고 하기에는 사장님의 나이가 많기는 했다.

"오늘 방학한 거 아니야?"

사장님이 물었다. 나는 시큰둥하게 고개를 끄덕이며 막대 사탕을 오도독 깨물었다. 새빨갛게 사탕 물이 든 빈 막대기가 입에서 빠져나왔다.

"성적이 기대만큼 안 나왔어?"

사장님이 웃으며 힘 있는 목소리로 물었다. 역시나 사장님은 내 기분이 어떤지 너무나 잘 알고 있었다. 이럴 때 보면 친구 혜리보다 훨씬 나았다.

"음료수 하나 마실래?"

사장님이 편의점 문을 활짝 열었다. 그 사이로 냉기가 훅 끼쳤다. 이런 유혹은 떨칠 수 없었다. 나는 사장님을 따라 훌쩍 편의점으로 들어갔다.

"이런 날씨에 밖에서 누가 뭘 먹었어요?"

"택배 아저씨."

"아!"

'택배'라는 단어 하나로 편의점 앞 야외 테이블의 상황이 선명하게 그려졌다. 하나라도 더 배달하기 위해서 시간을 쪼개고 또 쪼개는 사람들. 그럼에도 툭하면 이런저런 항의에 시달릴 사람들. 엄마도 그들을 괴롭힌 적이 있었다. 생각이 엄마에게로 향하자 다시 성적이 떠올랐고 가슴은 답답해졌다.

탁!

캔 따는 소리가 울렸다. 그리고 곧장 탄산음료 하나가 눈앞에 보였다.

"유미, 이거 좋아하지? 포도 맛?"

사장님이 나에게 탄산음료를 쥐여 주고 계산대로 들어갔다.

"고맙습니다."

나는 사장님에게 꾸벅 인사하고, 음료수에 입을 댔다. 달콤하고 상큼한 포도 맛 음료가 입안에 가득 찼다. 꿀꺽. 음료가 넘어가면서 탄산이 올라왔다.

"시원하지?"

사장님이 물었다. 나는 씩 웃으며 사장님을 보았다.

"그래, 웃으니까 좋네!"

사장님이 슬쩍 눈을 흘겼다. 나는 괜없이 고개를 숙였다.

"고개 들고, 어깨도 펴고!"

사장님이 목청을 높였다. 나는 입술을 오물거리며 사장님을 쳐다보았다.

"등수가 떨어졌어요."

혜리에게도 하지 못했던 말이 사장님에게 던져졌다. 사장님 눈에 안쓰러움이 번졌다.

"흐유……."

나도 모르게 고개가 푹 꺾였다.

"석차가 전부는 아니잖아."

"사장님에게는 그렇겠죠!"

"아, 유미한테는 전부일 수도 있겠구나."

사장님이 내 말에 공감했다. 그러고는 나를 빤히 보며 말했다.

"나도 유미 나이대에는 그랬던 것 같아. 그런데 유미와 같은 시기를 거쳐서 어른이 된 지금 생각해 보면 말이야."

사장님이 말끝을 올렸다. 나는 고개를 들어 사장님과 눈을 맞췄다.

"성적 몇 점, 석차 몇 등은 크게 중요하지 않아. 진짜 중요한 건 유미의 마음이지. 편안하고 행복한 순간을 많이 만들면서 지낼 수 있는 마음."

"푸우!"

사장님의 말이 끝나기도 전에 내 입에서는 한숨이 터졌다. 사장님의 말은 아마도 맞을 거다. 나도 성적보다는 행복한 마음이 중요하다고 생각한다. 하지만 지금 나는 중학교 3학년, 학생에게 가장 중요한 건 성적이고 석차다. 그게 따라 주어야만 편안하고 행복할 수 있다. 엄마는 분명히 그렇게 말할 테고, 나는 아무런 대꾸나 저항도 하지 못할 거다.

"아이고, 우리 유미. 방학 내내 이러고 있겠네."

사장님이 혀를 끌끌 차며 나를 바라보았다. 나는 사장님을 보며 까딱까딱 몸을 흔들었다.

"답답할 때 와. 내가 다른 건 못 해 줘도 막대 사탕 하나씩은 공짜로 줄게."

"힝, 사장님이 왜요?"

내 목소리에 콧소리가 섞였다.

"유미 나이 때 나를 보는 것 같아서 그래. 아, 그런데!"

사장님은 뭔가 생각이 난 듯 이맛살을 구겼다. 나는 탄산음료를 쪼로록 마시며 사장님을 살폈다.

"내가 부업 예정이라 당분간은 저녁 타임에만 나올 것 같아."

사장님이 뜬금없는 말을 던졌다. 나는 눈을 크게 뜨고 사장님을 보았다. 사장님이 부업이라니, 무슨 일일까 싶었다. 내 얼굴을 보고 사장님이 싱긋 웃었다.

"여기 알바생 구해지면! 못 구하면 여기 나와서 딴 일 하고 있을 수도 있어."

나는 고개를 끄덕였다. 나쁜 일은 아닌 것 같았다.

띵동.

휴대 전화에 문자 메시지 알람이 울렸다.

— 집에 왔니?

엄마였다. 이제는 그만 집에 들어가야 했다. 엄마에게 집 앞이라고 답장을 하려는 찰나, 편의점 출입문이 열렸다. 그리고 낯익은 아이가 들어섰다.

"이우수!"

"어, 너는?"

출입문을 열어 둔 채 우수가 머뭇거렸다.

"왜, 아는 사이? 같은 반?"

사장님이 계산대에서 얼굴을 빼꼼 내밀어 우수를 보았다.

"아뇨, 같은 반은 아니고……."

"혹시 사장님이세요?"

내가 사장님에게 우수를 소개하려는데, 우수가 불쑥 계산대 앞으로 다가왔다. 계산대 뒤 의자에 반쯤 엉덩이를 걸치고 있던 사장님이 몸을 곧추세우고 우수 앞에 섰다.

"알바 모집 안내를 보고 왔는데요."

"아, 그래요?"

사장님이 눈을 크게 뜨고 나를 쳐다보았다. 나도 사장님처럼 놀란 눈으로 우수를 보았다. 아르바이트라니? 오늘 이우수가 나를 여러 번 놀라게 한다.

"아르바이트를 하려고요?"

사장님이 우수에게 물었다. 그러는 사이 띵동! 내 휴대 전화에 다시 알람이 울렸다. 엄마에게 아직 답을 하지 못한 탓이었다.

"네, 성실하게 잘하겠습니다."

우수가 씩씩하게 답했다.

'성실하게 잘하겠지. 이우수인데…….'

머릿속에서 자동 설정이 된 것처럼 생각이 흘렀다. 입 밖으로 곧장 터지지 않은 게 다행이었다.

"유미랑 아는 사이인가 본데……."

사장님이 우수와 나를 번갈아 보았다. 나의 대답을 듣고 싶은 눈치였다.

"네, 우리 학교 전교 회장이에요."

내가 전할 수 있는 가장 간결하고 확실한 답을 사장님에게 건넸다. 사장님이 짧게 탄성을 뱉더니 우수를 쳐다보았다.

"그럼 유미랑 동갑?"

"네."

"그럼 아직……."

"부모님 동의서 갖고 왔어요."

우수가 가방에서 투명 파일을 꺼냈다. 사장님은 얼떨떨한 얼굴로 우수가 내미는 파일을 받았다. 내 눈길은 자연스럽게 우수의 투명 파일을 따라갔다. 하지만 사장님의 손이 앞을 가로막았다. 더 이상의 관심은 사양한다는 태도였다. 나는 입을 삐죽 내밀고 사장님을 보았다. 사장님은 우수가 내민 파일에서 하얀 종이를 꺼내 뒷장까지 차분하게 읽었다. 우수는 그런 사장님만 쳐다보았다. 나는 안중에도 없는 듯했다.

띵동.

알람 소리에 정신이 번쩍 났다. 얼른 휴대 전화를 열어 '집 앞'이라고 답을 보냈다.

"열여덟 살 미만의 청소년이 아르바이트를 할 경우, 부모님의 동의서가 있으면 가능하긴 하지. 그런데 우수는 아직……."

"잘할 수 있어요!"

우수가 사장님의 말을 툭 끊고는 다부지게 말했다.

"그래, 유미네 학교 전교 회장이라니 책임감도 있을 거고 성실하겠네. 그렇지?"

사장님이 나를 힐끗 보았다. 질문을 던지는 듯했다. 나는 얼굴을 위아래로 움직였다. 학교에서 우수는 선생님들이나 아이들에게서 칭찬과 응원을 듬뿍 받는 아이였다. 그러니까 편의점에서 일을 하면 아마도 손님들에게 칭찬을 듣는 착실한 아르바이트생이 될 거였다. 하지만 우수가 아르바이트를 왜? 나는 의심이 가득한 눈초리를 감출 수 없었다.

"그래도 아직은 너무 어리지 싶어서……."

"어리지 않아요!"

우수가 목소리에 힘을 넣었다. 사장님은 곤란한 눈으로 나를 보았다. 무언가 내가 도와야 하나 싶었다.

"이우수, 갑자기 일을 왜 하겠다는 거야?"

내가 괜한 목소리로 물었다. 우수가 차가운 얼굴로 나를 쳐다보았다. 순간 심장에 바늘이 꽂힌 줄 알았다. 움찔 어깨가 움츠러들었다.

"앞으로 해 보고 싶은 일이 많아서요. 그러려면 여러 경험이 필요하고 경험에는 아르바이트만큼 좋은 게 없는 것 같습니다."

역시나 우수는 전교 회장다웠다. 자기가 하고 싶은 말을 또박또박 뱉으면서도 예의를 갖추었다. 나도 모르게 감탄이 나왔다.

"하……."

사장님은 고민스러운 듯 우수가 내민 하얀 종이를 쳐다보았다. 그러고는 부모님과 직접 통화를 해 보겠다고 했다. 우수는 가만히 있었고, 사장님은 하얀 종이에 적힌 번호로 전화를 걸었다. 내 휴대 전화에서도 알람이 울렸다.

— 왜 아직도 바깥이야?

엄마의 안테나는 늘 나에게 과잉으로 쏠렸다. 어쩔 수 없었다. 지금 이 상황이 궁금하지만 집으로 돌아가야 했다. 우수를 남겨 둔 채 나는 총총히 편의점을 빠져나왔다.

방학 스케줄

— 집

나는 간결하고도 확실하게 메시지를 입력했다.

텅 빈 집. 원래는 이게 더 정확한 표현일 테지만, 엄마도 이미 알고 있는 사실이라 패스했다.

— 성적은?

엄마의 메시지를 보는 순간 눈썹이 찌푸려졌다.

'짜증 나.'

내 성적인데 왜 엄마에게 일일이 확인을 받아야 하는지 알 수가 없었다. 회사에서도 전전긍긍 궁금해할 성적이라면 엄마가 직접 받아 보지. 마음속에 억지가 그득그득 차올랐다.

나는 휴대 전화를 식탁 위에 엎어 버리고 욕실로 들어갔다. 우선은 끈끈하게 들러붙은 습기부터 씻어 내고 싶었다. 샤워기에서 찬물이 쏟아졌다.

'말하지 말까?'

한 번쯤은 엄마의 말에 반항해 봐도 괜찮지 않을까 싶었다. 중학교 3학년이 되도록 나는 엄마 말에 너무나 고분고분했다. 착한 딸. 그게 되고 싶은가? 뭐, 그럴지도 모르겠다. 하지만 지금은 아니다. 적어도 지금은 엄마 말에 엄지손가락만 한 뿔이라도 들이박고 싶었다.

"편안하고 행복한 순간을 만들 수 있는 마음."

사장님의 말을 나직하게 따라 읊었다. 나에게는 영 없는 마음이었다. 푸우. 또 한숨이 나왔다. 진짜로 방학 내내 이러고 있을 것만 같아 자꾸 마음이 가라앉았다.

샤워를 마치고 냉장고에서 탄산음료를 꺼냈다. 톡 쏘는 탄산이 가슴을 간질였다.

띵동.

또 알람이 울렸다. 보나 마나 엄마일 거였다. 더는 무시할 수 없었다. 그랬다가는 저녁때 엄청난 폭탄이 떨어질 거다.

— 샤워했어.

엄마에게 답장을 보냈다.

— 성적은?

엄마의 메시지가 득달같이 날아왔다. 푸우. 한숨을 내쉬고, 나는 성적표를 꺼냈다. 성적표에는 시험이 끝난 뒤 확인했던 점수랑 다를 바 없는 숫자가 나열되어 있었고, 엄마도 대충은 알고 있었다. 그러면서 엄마는 성적을 묻고 또 물었다.

— 알고 있잖아.

나는 메시지에 짜증을 한껏 더해서 엄마에게 보냈다. 하지만 엄마는 눈치가 참 없었다. 아니, 없는 척하는 건지도 모르겠다.

— 그대로라고?

— 응!

— 석차는?

예상 질문이 어김없이 날아왔다. 어떻게 할까. 나는 아랫입술을 오물거리며 머리를 굴렸다. 사실대로 솔직하게 말하는 게 좋을까 아니면 모르는 척 넘겨 버릴까. 이내 참 쓸데없는 고민을 하고 있다는 생각이 들었다. 두루뭉술 넘어가 줄 엄마가 아니다. 끝까지 집요하게 물고 늘어질 거다.

— 4등.

짧게 답을 보냈다.

— 4등이라고? 반에서?

아, 어쩌면 반에서 4등일지도 몰랐다. 순간 마음속에 차가운 돌멩이가 쿡 박혔다.

— 전체 석차 4등 떨어졌다고.

나는 솔직하게 답장을 했다. 그러는 편이 내 마음이 편안해지는 길인 것 같았다.

— 아니, 왜?

— 엄마 안 바빠?

엄마의 잔소리가 문자 메시지를 타고 길게 이어질 것 같았다. 이쯤에서 끊어야 했다. 엄마는 얼굴 보며 이야기하자는 무시무시한 메시지를 보내왔다. 으! 머리가 지끈거리기 시작했다. 이럴 때는 막대 사탕이 필요했다.

나는 책상 위에 올려 둔 상자에서 막대 사탕 하나를 꺼냈다. 침대에 올라앉아 입안에 막대 사탕을 굴리는데 우수가 생각났다. 우수는 갑자기 왜 아르바이트를 하려고 할까. 전산고에 가겠다고 한 것과 관련이 있을까? 편의점 사장님은 우수를 아르바이트생으로 받아 줬을까? 궁금했다. 그런데 다시 나가 볼 엄두는 나지 않았다. 7월 중순의 태양은 오후 3시가 넘어가도 강렬했다.

— 내일 뭐 해?

혜리에게서 메시지가 왔다. 아, 혜리는 토요일에 양양으로 떠

난다고 했다. 갑자기 서운함이 파도처럼 밀려들었다.

— 아무것도 안 해.

— 그럼 내일 나랑 데이트, 콜?

마다할 이유가 없었다. 혜리와 약속 시간을 잡으며 수다를 떨었다. 기분이 조금 나아지는 것 같았다.

저녁에 원어민 선생님에게서 전화가 걸려 왔다. 방학이라고 달라진 건 아무것도 없었다. 15분 정도 짤막하게 선생님과 영어로 대화를 나눴다. 대화가 끝나면 선생님이 정해 준 영문 원서를 읽고 해석해야 했다. 마음 같아서는 AI에게 번역을 맡기고 싶지만, 엄마에게 걸리면 더 큰 숙제와 벌칙이 생길 수 있었다. 위험한 일은 애초에 하지 않는 게 나았다.

혼자서 얼렁뚱땅 시간을 때우는 사이에 아빠가 들어왔다. 엄마보다 한 시간 일찍 출근하는 아빠는 그만큼 빨리 집에 왔다.

"방학했지?"

아빠가 신발을 벗으며 훤한 목소리로 물었다. 나는 입을 붑뚝 내밀고 아빠를 보았다.

"왜, 성적이 잘 안 나왔어?"

아빠의 첫인사도 성적이었다. 윽! 나는 얼굴을 험악하게 일그러뜨렸다.

아빠가 상추를 씻어 겉절이와 오이냉국을 만들었다. 나는 거실 소파에 앉아 책을 읽었다. 엄마나 아빠가 식사를 준비하는 동안 책 읽기. 우리 집에서 내가 지켜야 할 약속이었다. 그러고 보면 우리 집에서 내가 지켜야 할 것이 참 많기도 했다. 푸우. 한숨과 함께 책장은 더디게 넘어갔다.

저녁 8시가 다 되어 엄마가 돌아왔다. 세 식구가 모여 함께 저녁밥 먹을 시간이 다가왔지만, 나는 마음이 편치 않았다. 얼굴 보고 이야기하자던 엄마의 메시지가 머릿속을 가득 채웠다.

"이거!"

엄마가 식탁 앞에 앉으며 하얀 종이를 내밀었다.

"이게 뭐야?"

나는 종이를 받아들며 엄마에게 물었다.

"방학 스케줄표."

엄마는 대수롭지 않게 말을 던지고 숟가락을 잡았다. 그러고는 오이냉국을 입에 넣었다.

"아, 시원하다!"

"좋지?"

아빠가 엄마를 보며 활짝 웃었다. 엄마도 만족스러운 얼굴로 오이냉국을 한 숟가락 더 입에 넣었다.

"유미야, 떡갈비 안 먹어?"

아빠가 내 앞으로 떡갈비를 내밀었다. 얄팍하게 구워 낸 떡갈비는 내가 좋아하는 메뉴다. 그러니까 아빠가 콕 짚어 말하지 않아도 내 젓가락은 저절로 떡갈비를 향했을 거다. 하지만 지금은 떡갈비가 눈에 들어오지 않았다. 엄마가 준 방학 스케줄표가 내 정신을 빼앗아 버렸다.

"방학 동안 이렇게 지내라고?"

나는 스케줄표를 내려놓으며 엄마를 쳐다보았다. 엄마는 태연한 얼굴로 밥을 씹으며 고개를 까딱했다. 아빠가 궁금한 듯 스케줄표를 갖고 갔다.

"월요일부터 금요일까지, 아침 10시부터 오후 4시까지……. 와, 이게 다 학원이네?"

아빠가 스케줄표를 살피며 엄마를 힐끔거렸다. 내가 묻고 싶은 거였다.

"중학교 3학년이 꼭 다녀야 하는 학원들이야."

엄마는 단호했다.

아빠는 한 손으로 턱을 괴며 스케줄표를 보았다.

"흠."

"나, 방학이야!"

나는 빽 목청을 높였다.

"알아."

엄마는 낮고 중후한 목소리로 대답했다. 그러고는 나를 향해 몸을 돌렸다. 엄마 눈초리가 서늘했다.

"너 석차 떨어졌다면서?"

할 말이 없었다. 나는 입을 꾹 다물었다.

"엄마가 계속 말했잖아. 중학교 3학년이 얼마나 중요한 시기인지 생각하라고."

알고 있다. 중학교 2, 3학년 성적으로 고등학교가 정해지고, 좋은 고등학교에 다녀야 대학 가기가 수월해진다. 그리고 남들이 다 알 만한 명문 대학을 나와야 사회생활도 편해진다. 엄마가 세뇌라도 하듯 매일 되짚던 말이었다. 하지만 엄마의 목소리는 들을 때마다 나의 뇌를 거쳐 먼 곳으로 날아갔다. 엄마의 말은 지금의 나와는 상관이 없었다. 나에게는 너무나 먼 이야기에 불과했다.

"엄마가 얘기할 때마다 네가 뭐라고 그랬어? 알아서 잘 챙기겠다고 했어, 안 했어?"

나는 머리를 푹 숙였다. 어차피 엄마의 화살은 계속 쏟아질 거였다. 처음부터 각오를 하고 있었다. 세 식구가 둘러앉아 밥을 먹는 지금, 이 시간만은 아니기를 바랐을 뿐.

“네가 잘하겠다고 해서 지금껏 봐준 거야. 이제 더는 안 돼.”

낮에 나랑 문자를 나누고 엄마가 마련한 대책이 학원인 모양이었다. 마치 학교에 다니는 것처럼 방학 내내 아침부터 늦은 오후까지 학원 다니기. 그러면 진짜로 성적이 나아질까? 엄마 말처럼 좋은 고등학교에 척하니 붙을 수 있을까? 우리가 사는 동네가 고등학교 평준화 지역이었으면 어땠을까? 추첨을 통해 고등학교가 정해지는 곳이었다면…….

‘그랬으면 특목고에 보내려고 더 기를 썼겠지.’

겪어 보지 않아도 알 수 있었다. 엄마라면 분명히 그랬을 거였다.

“전유미!”

엄마 목소리가 천둥처럼 울렸다. 나는 깜짝 놀라 엄마를 쳐다보았다.

“무슨 생각을 그렇게 하고 있는 거야?”

엄마 목소리에 짜증이 묻었다. 잠깐 딴생각을 하고 있었다. 엄마랑 이야기를 나눌 때면 나는 종종 이랬다.

“어렵게 맞춰 놓은 스케줄이니까 차질 없이 다니도록 해.”

이런 이야기를 하고 있었나 보았다. 나는 슬그머니 눈을 돌려 아빠를 보았다. 아빠는 마치 다른 세계에 있는 사람처럼 서글서글한 얼굴로 부지런히 숟가락만 움직였다. 엄마랑 내가 학교나 성적 이야기를 나눌 때면 아빠는 늘 타인처럼 굴었다. 엄마 편도 내 편도 들지 않았다. 아빠 나름의 선택이겠지만, 나는 아빠의 그런 태도가 몹시 서운했다.

"다음 주부터 바로 시작이야."

엄마가 말을 맺었다.

"내일은 놀 거야."

나는 퉁명스럽게 대꾸하며 숟가락을 잡았다. 핑그르르. 눈물이 돌 것 같았다.

'울면 안 돼!'

마음속에 있는 누군가가 성을 냈다. 나는 아랫입술을 질끈 깨물었다. 누군가의 말을 따르고 싶었다. 나는 엄마와 아빠 앞에서 울고 싶지 않았다. 떡갈비를 입안에 구겨 넣었다. 꼭 고무를 씹는 것 같았다. 아무 맛도 느껴지지 않았다.

다른 세상의 중3

— 헬, 우리 10시에 만날까?

혜리에게 메시지를 보냈다. 곧장 오케이 사인이 왔다. 나는 선크림을 고루 펴 바르고 아이브로펜슬로 눈썹을 매만졌다. 그리고 아이라이너를 꺼내 눈매를 정리하고 반짝이는 연분홍색 틴트로 화장을 마무리했다. 엄마가 봤으면 학생이 얼굴에 신경 쓴다고 뭐라고 할 게 분명했지만 지금 집에 없었다. 엄마가 직장인이라 다행이었다. 자잘한 꽃무늬가 있는 주황색 원피스를 입고, 혜리와 함께 골랐던 아이보리 색 슬링백을 걸쳤다. 방학 첫날, 나는 혜리와 시내를 방문하기로 했다. 신경이 쓰일 수밖에 없었다.

아직 이른 오전임에도 거리는 찜질방 같았다. 학생들에게 여름과 겨울에 방학을 주는 건 다 이유가 있지 않을까. 숨이 막힐 듯 더울 때에는 머리를 비워야 한다. 이런 날씨에 머릿속을 까다롭고 어려운 문제로 채우면 숨쉬기가 버거울 거다. 순간 엄마가 내민 스케줄표가 생각났다.

"하, 방학이면 뭐 해……."

나는 방학에도 쉴 수가 없다. 단지 중학교 3학년이라는 이유만으로. 갑자기 걸음에 기운이 쑥 빠졌다. 나는 이어폰을 꽂고 나만의 플레이리스트를 재생시켰다. 나직한 목소리로 중얼중얼 말하듯 노래하는 보리 언니의 목소리가 귀에 감겼다. 혜리가 들으면 또 할머니 같다고 할 법한 노래였지만, 나는 이런 노래가 좋았다.

천운초등학교 앞 횡단보도에 도착했다. 오늘도 혜리는 약속 시간을 10분쯤 넘겨서 도착할 거다. 혜리와 학교 밖에서 따로 만날 때면 늘 그랬다. 그걸 알면서도 나는 시간에 맞춰 약속 장소에 도착했다. 조금 기다리는 게 마음이 편해서다.

"윰!"

보리 언니의 노래가 세 곡쯤 재생되었을 때, 혜리의 목소리가 들렸다. 횡단보도 건너편이었다. 나는 신호가 바뀌기를 기다리며 혜리를 살폈다. 혜리는 하얀색 크롭 티셔츠에 짧은 청 반바지를 입었다. 찐득한 날씨와는 다르게 청량한 느낌이었다. 혜리는 늘 그런 이미지였다. 밝고 깔끔하고 청량한 모습. 나는 어떨까 싶어 내 옷을 내려다보았다. 주황색 꽃무늬 원피스라니. 이런 옷은 봄에나 어울리는데. 나는 항상 혜리를 보고 나서야 스스로를 살폈다. 참 이상한 버릇이었다.

"오, 윰! 눈에 힘 좀 줬는데?"

횡단보도를 건너온 혜리가 내 얼굴을 들여다보며 생글거렸다. 오늘 혜리는 무척이나 밝았다. 여행을 앞두고 있어서 그런 듯했다.

"그럼 뭐 해……."

나도 모르게 입이 불뚝 튀어나왔다. 혜리가 왜 그러느냐 물었고, 나는 앞으로 펼쳐질 방학 일정을 알렸다. 혜리가 입을 쩍 벌리더니 절레절레 고개를 저었다.

"너의 엄마 진짜 강적이다!"

"그치……."

나는 또 후욱, 한숨을 내쉬었다. 이번에는 혜리도 뭐라 하지 않았다. 우리는 말없이 버스 정류장으로 향했다.

"너의 엄마는 네가 뭘 하기를 바라?"

버스를 기다리며 혜리가 물었다.

"공무원."

나는 짧게 답했다. 마침 버스가 들어왔다.

"진짜?"

혜리가 두 눈을 크게 뜨며 버스에 올랐다.

"엄마가 뭐 큰 거 바라는 줄 아니? 그냥 네가 적당한 대접받으면서 평범하게 잘 살았으면 해서 이러는 거야."

나의 성적에 연연하면서 엄마는 이렇게 말했다. 그리고 엄마가 말하는 그 꿈에 가장 가까운 직업이 공무원이라고 했다.

"난 또 네 엄마가 의사나 판사쯤 바라는 줄 알았네."

혜리가 버스 손잡이를 잡으며 피식 웃었다. 나는 혜리 옆에 붙어 서서 고개를 숙였다. 방학 내내 아침부터 늦은 오후까지 영어, 수학, 과학에 독서 논술까지 학원만 다섯 군데를 순회해야 했다. 이 정도 스케줄이라면 혜리 말처럼 의사나 판사쯤은 꿈꾸어야 할 것 같은데 엄마는 내 성적을 아니까 기준을 낮췄다. 마치 꽤나 봐준다는 듯이. 나는 도리질을 했다. 도대체 왜 내 미래를 엄마 마음대로 재단하려 하는지 도무지 이해할 수가 없었다.

"하긴 공무원 되는 것도 엄청 어렵다더라."

혜리가 이해한다는 듯 나를 바라보았다.

"야, 아무리 그래도 방학인데!"

나는 말을 하다 말고 입을 꾹 다물었다. 불평을 해 봐야 소용없었다. 엄마가 탕탕탕 박아 버린 일정이었다. 방학인데 나는 학원에 처박혀야 하고, 혜리는 바닷가에서 지낸다. 세상 참 불공평하다.

부루퉁한 얼굴로 창밖을 내다보는데 어느새 목적지였다. 우리는 하차 벨을 누르고 버스에서 내렸다. 거리에는 생각보다 많은 사람이 활보하고 있었다. 후끈한 기운은 여전히 맹렬했다. 시원한 곳을 찾아 빨리 들어가고 싶었다. 하지만 우리에게는 가야 할 곳이 있었다. 정류장에서 큰길을 따라 5분쯤 걸어가야 하는 곳. 혜리 엄마가 운영하는 화장품 가게였다.

"유미 왔니?"

가게에 들어서자 혜리 엄마가 곧장 아는 체를 했다. 초등학교 5학년 때부터 종종 봤던 혜리 엄마는 나이를 가늠할 수 없을 만큼 젊고 화사해 보였다.

"젊고 예쁜 언니들한테 화장품을 팔아야 하니까, 어쩔 수 없이 꾸미는 거야."

처음 혜리 엄마를 만났을 때, 혜리는 심드렁하게 말했다. 하지만 혜리 얼굴은 다른 말을 하고 있었다. 입꼬리를 살짝 올린 채

자기 엄마를 바라보는 혜리의 얼굴에는 엄마에 대한 자부심이 있었다. 나에게는 비둘기 발자국만큼도 있을 수 없는 감정이었다.

"혜리야, 여기 새로 나온……."

"내가 알아서 해."

혜리 엄마가 혜리에게 다가오며 말을 붙였다. 하지만 혜리는 나를 끌고 색조 화장품 진열대로 갔다. 혜리에게서 전에 없는 찬바람이 도는 듯했다. 나는 몸을 돌려 혜리 엄마를 보았다. 혜리 엄마는 멍한 눈으로 이쪽을 바라보다가 다급하게 돌아섰다. 무언가 이상했다.

"너, 엄마한테 왜 그래?"

목소리를 한껏 낮춰 혜리에게 물었다. 혜리가 눈을 크게 뜨더니 무슨 소리냐 묻는 표정을 지었다.

"엄마한테 쌀쌀맞게 굴잖아."

혜리는 자기 엄마가 하는 말에 대꾸도 잘하고, 웃기도 잘했다. 가끔씩은 화장 솜씨나 차림새를 흉보기도 했는데 친한 사이끼리 나눌 수 있는 장난처럼 느껴졌다. 나는 엄마와 장난을 칠 수 있는 혜리가 부러웠다. 그런데 오늘은 달랐다.

"안 그랬는데?"

혜리가 딴청을 부리더니 주황색 계열의 블러셔 하나를 집어 들었다.

“이거다, 새로 나온 거.”

혜리는 블러셔를 나에게 내밀었다. 그러고는 발라 보라며 바람을 넣었다. 나는 주황색 블러셔를 새끼손가락 끝에 묻혀 뺨 위에 얹었다. 주황빛 블러셔가 반짝이며 내 기분을 끌어 올렸다. 영 마음에 들지 않던 주황색 원피스와도 잘 어울리는 것 같았다. 화장의 힘이었다.

‘나도 화장품 가게 하고 싶다!’

불쑥 그런 마음이 들었다. 엄마가 알면 펄쩍 뛸 소리였다. 아니다. 내 차림새를 보면 나에게 화장품 가게를 운영할 만한 안목도 없어 보였다. 푸우. 시작도 하기 전에 김샜다.

“잘 어울린다!”

혜리가 내 얼굴을 쳐다보며 빙긋 웃더니 테스트용 블러셔 너머에서 새것을 꺼냈다.

“난 필요 없어.”

나는 가볍게 고개를 저었다. 어차피 방학 내내 학원에 갇힐 거였다.

“학원 갈 때 발라. 기분이라도 좋아져야지.”

혜리가 주황색 블러셔를 내 가방에 밀어 넣었다. 그러고는 자기 것도 하나 챙기고, 선크림과 수분 크림까지 하나씩 집어 계산대로 갔다. 혜리 엄마는 혜리가 챙긴 물건들을 체크하고 카드도 내밀었다. 그러도록 혜리는 엄마와 눈을 마주치지 않았다. 혜리에게서 서늘한 바람이 일었다.

"혜리한테 맛있는 거 사 달라고 해."

혜리 엄마가 나를 보며 웃었다. 혜리에게는 아무 말도 하지 않았다.

나는 어정쩡하게 인사를 하고 혜리를 따라 가게를 나섰다. 그리고 팔을 뻗어 부지런히 걸음을 옮기는 혜리를 잡았다.

"너 왜 엄마한테 인사도 안 해?"

"내가 언제?"

혜리가 거칠게 내 손을 쳐냈다. 깜짝 놀란 나는 걸음을 멈추고 자리에 우뚝 섰다.

"미안."

혜리는 곧장 사과를 했다. 하지만 이상한 느낌은 사라지지 않았다.

"왜 그러는데?"

혜리에게 물었다.

"아무것도 아니라니까."

혜리가 슬며시 짜증을 냈다. 그러고는 뭐 먹을 거냐고 물었다. 나는 홱 몸을 돌렸다. 그리고 뚱한 표정으로 거리의 사람들을 바라보았다. 여름 한낮, 모두 바빠 보였다. 아무 생각 없이 쫄레쫄레 친구를 따라다니고 있는 사람은 나밖에 없는 것 같았다.

"그냥, 엄마가 나 양양 가는 거 좋아하지 않거든."

혜리가 내 곁에 다가서며 말을 붙였다. 내 마음에 살짝 낀 먹구름을 알아본 것 같았다. 혜리가 마음의 문을 열었으니 나도 모른 척할 수 없었다.

"왜에?"

"방학인데 내가 없을 거니까……."

혜리 엄마라면 그럴 수 있겠다는 생각이 들었다.

혜리 엄마는 5년 전, 혜리 아빠와 헤어졌다. 그 뒤로 화장품 가게를 하며 혜리와 단둘이 청운동에서 살고 있었다.

"그런데 이모한테 가는 거라며?"

"으응……."

혜리가 말을 흐렸다. 순간 알 수 없는 부러움이 꿈틀거리기 시작했다. 여름 방학이라고 해 봐야 고작 3주가 전부였다. 고작 3주일 동안 떨어져 지내는 건데 혜리 엄마는 걱정이 많은가 보았다.

역시 혜리 엄마는 혜리에게 각별했다.

"엄마한테 좀 잘해 드려."

혜리와 파스타집에 마주 앉아 잔소리를 뱉었다.

"너나 잘해."

혜리가 피식 웃었다.

"야, 울 엄마가 너희 엄마 같으면!"

잘할 자신 있었다. 진짜였다.

"다 겪어 봐야 아는 거야."

혜리 얼굴이 살짝 굳었다. 방학 동안 이모네 집에 머물기로 하면서 혜리 마음도 편하지는 않은 듯했다. 그게 친구인 나 때문이 아니라 자기 엄마 때문이라는 게 조금은 섭섭했다.

혜리는 자기 엄마 카드로 점심값을 내고, 하늘하늘한 끈 원피스와 분홍색 볼레로 카디건도 샀다. 이모의 일을 거들러 간다더니 혜리의 행색은 영락없는 여행자의 것이었다. 똑같은 중학교 3학년 여름 방학인데 이렇게 다를 수 있을까 싶었다. 자꾸 한숨만 났다.

"가여운 친구, 내가 동해 바다 사진 매일매일 보내 줄게."

집으로 돌아오는 버스 안에서 혜리는 들뜬 기색을 감추지 않았다. 삐죽 심술이 돋았다.

"너, 나랑 자그마치 3주 동안 떨어져 지내야 하는데 너무 기뻐한다?"

"어차피 너는 학원에 다녀야 한다며?"

혜리가 나의 현실을 꼬집었다. 맞다. 나에게는 방학이 없었다.

천운초등학교 횡단보도 앞에서 혜리와 헤어졌다. 여러 개의 쇼핑백을 한 손에 쥐고 다른 한 손을 휘휘 젓고 있는 혜리는 마치 다른 세상으로 향하는 아이로 보였다. 혜리가 없는 3주가 무척이나 길 것 같았다.

새로운 짝

텅 빈 거실에 에어컨이 팽팽 돌아갔다. 엄마가 나를 위해서 켜 두고 나간 거였다. 나는 거실 소파에 벌러덩 드러누웠다.

'일어나기 싫다…….'

방학인데 왜 아침 8시부터 일어나라는 소리를 듣고 또 들어야 하는 건지……. 문득 내 신세가 처량 맞았다.

— 여기 대박!

지난밤, 짧은 메시지와 함께 혜리가 보내 온 사진은 그야말로 대박이었다. 깊이를 알 수 없는 연푸른빛 바다에 새하얀 모래사장이 끝없이 펼쳐졌다. 그 너머로는 마치 병풍처럼 절벽 같은 바위가 둘러서 있었다. 무엇보다 바위 끄트머리에 대롱대롱 매달린 듯 장렬하게 샛노란 빛을 피워 내고 있는 태양이라니. 장관이 따로 없었다.

— 여기가 우리나라야?

— 응! 양양!

— 좋겠다!

나는 속내를 감추지 않았다. 굳이 그럴 필요도 없었다. 어차피 혜리는 다 알고 있을 거였다.

— 여기에서 일할 건데 뭐.

— 그래도 나보다는 낫지!

— 누가 더 나은지는 알 수 없지.

혜리가 의젓하게 대꾸했다. 나는 혜리의 메시지를 다시 곱씹어 보았다. 진짜로 알 수 없는 걸까? 아니다. 아무리 생각해도 방학 내내 학원으로만 내몰리는 나보다는 혜리가 백배 나아 보였다. 하지만 나는 더 이상 대꾸하지 않았다. 어차피 각자에게 주어진 환경은 달랐고 판단은 각자의 몫일 거였다.

혜리와의 짧은 대화를 끝내고 곧장 침대에 누웠지만, 나는 쉽게 잠들지 못했다. 연일 이어지는 열대야의 후텁지근한 공기에 두려움이 섞였다. 학교가 아닌 학원에서 혜리가 없는 일상을 시작해야 했다. 갑자기 머리가 지끈거리는 것만 같았다. 나는 어둠에 잠긴 거실에서 약통을 찾아 두통약 한 알을 삼키고 다시 누웠다. 그러고도 내내 뒤척이다가 겨우 잠들었는데 엄마는 이른 아침부터 내 이름을 연달아 불렀다. 학원 첫날인데 긴장도 안 되느냐고 잔소리를 퍼부었다. 그러고는 에어컨을 켜 놓고 회사에 간 거다.

소파에 누워 뒹굴뒹굴하는데 보리 언니의 노랫소리가 흘렀다. 내 전화벨이다. 나는 더듬거리며 탁자 위에 엎어 놓은 휴대 전화를 집어 들었다. 액정 화면에 '엄마'가 떴다. 나는 자리에서 발딱 일어나 시간을 확인했다. 오전 8시 30분. 그새 또 잠이 든 모양이었다.

"너 진짜 첫날부터 애먹일래?"

엄마 목소리가 쨍했다.

"지금 나갈 거야. 10시부터인데 왜 그래?"

나도 엄마 못지않게 쨍쨍한 목소리로 대꾸했다. 엄마가 어쩌고 저쩌고 또 잔소리를 꺼냈다.

"내가 알아서 해."

나는 짤막하게 대꾸하고 전화를 끊었다. 더 이상 꾸물거릴 수 없었다. 엄마 잔소리에서 벗어나려면 내가 알아서 하는 게 최고다.

엄마가 챙겨 놓은 아침을 뱃속으로 욱여넣고, 샌드위치를 가방 깊숙이 밀어 넣으며 집을 나섰다. 9시 10분. 학원 버스는 30분에 천운초등학교 앞에 도착한다고 했다. 이 정도면 충분하다.

느릿느릿 아파트 정문을 지나 편의점 문을 열었다. 가방에 막대 사탕이라도 넉넉하게 담아 가야 할 것 같았다.

"어서 오세요."

낯선 목소리가 우렁차게 맞이했다. 나는 눈을 크게 뜨고 계산대 쪽으로 다가갔다. 계산대 옆 창고로 향하는 입구에서 우수가 헐레벌떡 튀어나왔다.

"아, 뭐야!"

우수가 면장갑을 벗다 말고 피식 웃었다. 아는 얼굴이라 반가운 건가 싶었다.

"뭐야, 너 진짜로 여기에서 알바해?"

나도 모르게 말이 길게 붙었다. 마치 우수랑 친하기라도 한 것처럼.

우수가 싱글거리며 고개를 끄덕였다. 기분이 좋아 보였다.

"언제부터?"

"오늘부터!"

"하아!"

방학이 시작되고 처음 맞이하는 월요일, 학교를 빠져나온 아이들의 일상은 제각각이었다.

'누가 가장 나은 걸까?'

혜리에게 물어봤다면 아직 알 수 없다는 답을 할 거다.

'그 말이 맞지. 하지만 지금은…….'

지금의 나는 이 상황이 꽤 불편했다.

"뭐가 필요하세요?"

우수의 목소리가 다른 곳으로 흘러가는 생각을 붙잡았다. 나는 계산대 위에 놓인 사탕 상자에서 막대 사탕 3개를 집었다.

"넌, 어디 가?"

우수가 막대 사탕을 능숙하게 계산하며 물었다. 첫날이라면서, 손님을 대하는 태도가 아주 좋아 보였다.

"학원."

"아……."

짧게 반응하더니 우수는 곧장 결제를 기다렸다. 지극히 사무적인 태도였다.

"너는 학원에 안 가?"

나는 카드를 내밀며 우수에게 물었다. 우수는 싱긋 웃고는 엄지손가락과 검지손가락을 맞닿아 동그라미를 만들었다. 중학교

3학년 방학은 중요하다고 했는데, 그건 나에게만 해당되는 말인 듯했다. 맥이 탁 풀렸다.

"잘 다녀와라."

우수가 인사를 건넸다. 갑자기 정신이 번쩍 드는 듯했다. 나는 막대 사탕을 챙겨 들고 서둘러 편의점을 빠져나왔다.

"우수는 굳이 학원에 다니지 않아도 잘할 테니까……."

학원 버스를 타러 가면서 나는 막대 사탕을 입에 넣었다. 레몬 맛 사탕이 입안에서 사르르 녹았다. 바닥으로 내려앉던 기운이 멱살을 잡힌 듯 끌어 올려졌다.

학원 버스로 20여 분을 달려 도착한 곳은 고층 빌딩이 밀집해 있는 곳이었다. 작은 규모의 국어 학원, 수학 학원, 영어 학원부터 내가 앞으로 한 달 동안 다녀야 하는 종합 학원까지. 층마다 학원 간판이 다닥다닥 붙어 있었다. 버스에서 내려 학원을 올려다보는데 또 후욱, 한숨이 났다. 별수 없이 나도 학원의 세계에 진입하고 말았다. 어쩌면 오래 버텼는지도 몰랐다.

아이들을 따라 엘리베이터를 타고 5층으로 올라왔다. 엘리베이터에서 내려 학원 출입문을 막 통과하려는데 삐삐거리며 경고음이 울렸다. 무슨 일인가 싶어 어리둥절하고 있는데 학원 안쪽에서 하얀 블라우스를 입은 아주머니가 나왔다.

"오늘 처음 온 학생이니?"

아주머니가 나를 빤히 쳐다보며 물었다. 그러고는 내가 대답할 새도 없이 학원 앱을 깔지 않았느냐고 물었다. 그제야 생각났다.

"학원 앱을 켜면 출석 모드가 자동 생성 될 거야. 학원에 들락거릴 때마다 엄마도 네 출결 상황을 확인할 수 있어."

엄마는 방학 스케줄을 알려 주면서 학원 등록과 관련된 안내 사항을 꼼꼼히 전달했다. 그런데 내가 깜빡 까먹은 거였다. 아니다. 나의 의식이 엄마의 안내 사항을 지워 버렸는지도 모르겠다. 나는 부리나케 휴대 전화를 켜서 학원 어플리케이션을 다운받았다. 휴대 전화 액정에 새까만 출입 카드가 뜨더니 '띠릭' 소리를 내며 '등원하였습니다.'라는 문구가 떴다. 이 메시지는 엄마에게로도 전송될 거였다.

"학원 앱에 어느 강의실로 가야 하는지 떠 있지?"

블라우스 아주머니가 친절하게 물었다. 나는 휴대 전화를 확인했다.

507호 수학D

507호에서 11시 20분까지 수학 수업을 듣고, 11시 40분부터 1시까지는 606호에서 과학 수업을 들어야 한다. 그런 다음에는 점심을 먹고 다른 건물에서 독서 논술 수업을 들어야 오늘의 일과가 끝난다.

“늦겠다, 얼른 들어가.”

블라우스 아주머니는 꼭 엄마 같았다. 딴생각할 겨를을 주지 않았다. 나는 아주머니에게 밀려 507호로 들어섰다.

507호는 학교 교실의 절반보다 더 작은 크기에 창문도 없는 강의실이었다. 자그마한 교탁과 전자 칠판 앞으로 개인 책상 12개가 놓여 있었다. 이미 여덟 명의 아이가 앞자리를 차지하고 앉아 수학 교재를 펼쳤다. 나는 맨 뒷자리에서 가방을 열었다. 엄마가 학원을 통해 구입한 수학과 과학 교재가 얌전히 들어 있었다.

10시 알람음과 함께 동그란 안경을 쓴 여자 선생님이 강의실로 들어왔다. 자신을 박미리라고 소개한 선생님은 방학 동안 고등학교 1학년 1학기 과정까지 달려 보자고 소리를 높였다. 교실에서라면 아이들은 책상을 두드려 대며 싫다고 고래고래 악을 썼을 텐데, 학원에서 만난 아이들은 달랐다. 모두가 공부에 매진하리라 다짐하고 온 듯 선생님의 말도 안 되는 선언에 고분고분했다. 얼굴이 확 뜨거워졌다. 에어컨에서 냉기가 펑펑 쏟아지는 서늘한 강의실에서 말이다. 나는 말없이 수학 교재를 펼쳤다. 선생님의 목소리가 짜랑짜랑 강의실을 채웠다.

정신없이 첫 시간을 끝내고 가방을 챙겼다. 이제 6층으로 올라가야 했다. 507호에 있던 아이들도 우르르 자리에서 일어났다.

복도는 각자의 강의실을 찾아가는 아이들로 바글거렸다. 나는 몸을 옆으로 비켜 가며 비상계단을 올랐다.

"전유미!"

계단참을 막 돌려는 찰나, 누군가가 내 이름을 불렀다. 같은 반 이은지였다.

"와, 너도 여기 다니는구나?"

은지가 환한 얼굴로 나에게 다가왔다.

"아, 오늘부터!"

"와, 나도!"

은지 목소리가 껑충 튀어 올랐다. 나도 생긋 미소를 지어 보였다. 나랑 비슷한 방학을 보내게 될 아이를 만나니 반가웠다. 비록 학교에서는 말 한마디 제대로 나눠 보지 못한 사이지만 말이다.

"1교시에는 무슨 수업 들었어?"

은지가 물었다. 나는 507호에서 수학을 들었다고 답했다. 은지가 눈을 크게 뜨더니 자기는 508호에서 들었다고 했다.

"2교시는 과학. 606호."

"어, 나도!"

나는 곧장 은지 말에 호응했다. 갑자기 은지가 내 팔을 잡더니 폴짝거렸다.

"진짜 잘됐다. 그럼 과학 수업 끝나고 같이 점심 먹자."

은지도 새롭게 펼쳐지는 환경이 영 어색한 모양이었다. 나는 은지와 함께 606호를 찾아갔다. 은지는 자연스럽게 내 옆에 앉았다.

"엄마가 어찌나 화를 내는지 내가 두 손 두 발 다 들었다니까!"

은지가 종알거렸다. 엄마 때문에 학원에 내몰린 것까지 나와 닮았다. 나도 은지에게 엄마 이야기를 했다. 은지가 어쩜 두 분이 그렇게 잘 맞느냐며 깔깔거렸다. 엄마 흉을 보아서인지 답답했던 마음에 살짝 틈이 생긴 것 같았다. 틈 사이로 에어컨의 냉기가 살금살금 돌았다.

방학에 나는 은지와 제법 친해질 것 같았다. 비슷한 감정을 공유할 수 있다는 건 좋았다. 나는 은지에게 막대 사탕 하나를 건넸다. 은지가 아이처럼 생글거리며 막대 사탕을 입에 넣었다. 나는 은지를 보며 피식 웃었다. 은지는 꽤 아이 같은 구석이 있었다.

말도 안 되는 소리

엄마가 싸 준 샌드위치는 가방 속에 넣어 둔 채 나는 은지와 함께 학원 근처에 있는 분식집으로 갔다.

"나도 내일부터 뭐든 싸 올게."

은지가 떡볶이를 먹으며 말했다. 나는 이내 손을 저었다.

"내일부터는 나도 용돈 챙겨 올게."

점심시간만이라도 학원을 벗어나는 게 좋을 것 같았다. 은지도 좋은 생각이라며 눈을 찡긋거렸다.

편의점에서 캔 음료를 하나씩 사서 학원 앞 공원에 앉았다. 뜨겁게 내리쬐는 태양에 후끈한 공기가 주위를 감쌌지만, 그래도 학원에 있는 것보다는 나았다. 학원은 시원하다 못해 서늘했다.

"종합 학원이라고 학원비도 엄청 비싸잖아. 그러니까 에어컨이라도 빵빵하게 틀어 줘야 욕을 덜 먹겠지."

은지가 손부채질을 하며 학원을 흘겼다. 은지도 학원이 어지간히 마음에 안 드는 눈치였다.

"혜리는 학원에 안 다닌대?"

점심시간을 마치고, 학원으로 돌아오는데 은지가 슬쩍 물었다.

은지는 혜리와 중학교 1학년 때 같은 반이었다.

"혜리는 방학 동안 이모네서 지낸대."

"이모?"

은지가 눈을 동그랗게 뜨고는 머리를 갸웃 저었다.

"혜리한테 이모가 있어?"

은지가 엉뚱한 물음을 던졌다.

"뭐, 있겠지……."

혜리가 있다고 했으니 그리고 이모네 집에서 방학 내내 지낼 거라고 했으니. 아, 무엇보다 이모네 일을 거들어야 한다고 했으니까 당연히 있을 거였다. 나는 은지의 질문이 당황스러웠다.

"걔랑 유치원 때도 같은 데 다녔거든. 그때 엄마끼리 좀 친했는데 걔네 엄마 외동딸이라고 그런 것 같은데?"

은지는 무엇인가 굉장히 미심쩍다는 투로 말끝을 올렸다. 하지만 나는 은지가 의심스러웠다. 유치원 때라면 지금으로부터 자그마치 10년쯤 전이고, 은지 자신이 아닌 엄마들 사이의 말이었다. 그걸 은지가 또렷하게 기억해 낼 리 없었다. 순간 은지를 향해 돋아나려던 동지애가 한풀 꺾였다.

어찌어찌 학원 첫날을 보내고 집으로 돌아가는 길에 편의점에 들렀다. 편의점에는 사장님이 나와 있었다.

"우수, 여기에서 일 시작했던데요?"

"아침에 봤어?"

사장님이 서글서글하게 답했다. 나는 고개만 까닥였다.

"애가 정말 성실, 착실, 그 자체더라."

사장님 목소리가 반짝 떠올랐다. 얼굴에도 환한 빛이 감돌았다. 우수가 꽤 마음에 든 모양이었다. 그럴 줄 알았다.

"근데 걔는 왜 알바를 한대요?"

"어? 너도 있을 때 말하지 않았나?"

사장님이 고개를 갸우뚱거리며 나를 쳐다보았다. 말을 했었나……. 생각이 났다.

"아! 사회 경험 뭐 어쩌고 한 거요?"

사장님은 맞다고 했다. 나도 모르게 입이 삐죽 틀어졌다. 사회 경험에 편의점 아르바이트가 얼마나 효과가 있을까 싶었다.

"표정이 왜 그래?"

사장님이 싱글거리며 나를 보았다. 후텁지근한 날씨와는 달리 사장님은 기분이 좋아 보였다.

"진짜로 그게 이유라고요?"

내 질문에 사장님은 곧장 그렇다고 했다. 더는 할 말이 없었다.

우유를 사 들고 집으로 들어왔다. 오후 5시. 학원에서 보낸 첫날이 맥없이 흘렀고 앞으로도 쭉 오늘과 같을 거였다. 참 재미없다는 생각이 불쑥 치받았다. 나이를 먹는다는 게 이런 건가 싶기도 했다.

저녁에 엄마는 집에 오자마자 학원이 어땠느냐 물었다.

"시원했어."

"그게 다야?"

엄마가 실망스러운 듯 얼굴을 찌푸렸다.

"그럼 첫날인데 무슨 대답을 원해?"

엄마를 향해 말이 퉁명스럽게 터졌다. 1학기 기말고사 성적이 하나씩 밝혀지면서부터 내내 이런 듯했다. 마음속에 돌돌돌돌 자갈이 굴렀다.

"가방 메고 왔다 갔다만 하면 아무 소용없어. 정신 똑바로 차리고 잘 들어야지."

엄마는 저녁밥을 먹으면서도 말을 쉬지 않았다.

"알았어."

나는 얼른 대꾸했다. 그래야 엄마의 잔소리가 짧아질 거였다.

"학원에서 배운 거 그날그날 복습하고!"

식사를 마치고, 방으로 들어가는데 엄마 목소리가 날아들었다. 으으. 저절로 어깨가 옴츠러들었다. 나는 방문을 쾅 닫았다.

선풍기의 바람 세기를 강으로 올려놓고 책상 앞에 앉았다. 학원 수업은 학교 수업과 확실히 달랐다. 학교 수업이 유람선을 타고 휴양지를 즐기며 쉬엄쉬엄 나아가는 것이라면 학원 수업은 쾌속선 같았다. 주변에 무엇이 있는지 제대로는커녕 허투루 볼 새도 없이 고속으로 배를 몰았다. 학원 수업을 따라가려면 엄마 말대로 복습이 필요했다. 아니 그보다 예습이 더 필요할 것도 같았다. 오늘 나는 선생님이 설명하는 내용의 반의반도 제대로 알아듣지 못했다.

책상 앞에서 수학 교재를 들여다보는데 달칵 방문이 열렸다. 엄마가 먹기 좋게 조각을 낸 수박을 유리그릇에 담아 왔다. 딴짓 않고 공부를 하는 내 모습이 엄마 마음에 들었나 보았다.

"이 방에 에어컨을 달아 줄까?"

엄마는 한껏 나긋해진 목소리로 방을 둘러보았다. 내가 아무런 대꾸를 않자 엄마는 머쓱한 듯 방을 나갔다.

— 뭐 해?

나는 자려고 누웠다가 혜리에게 메시지를 보냈다. 혜리는 하루 종일 연락 한 통이 없었다. 물론 나도 오늘 처음으로 보내는 메시지였다. 그만큼 정신이 없었다.

혜리는 대답 대신 사진 몇 장을 올렸다. 양양 바닷가의 풍경들이었고 그 속에는 엄청난 인파도 담겼다. 하지만 혜리는 없었다.

— 넌 뭐 해?

다시 메시지를 올렸다.

— 일하지.

혜리의 답은 간단했다. 순간 혜리를 미심쩍어하던 은지의 목소리가 울렸다. 생각해 보면 혜리는 이모네 집에서 무슨 일을 하는지 구체적으로 말해 주지 않았다.

— 무슨 일?

— 네기 말 안 했어?

혜리가 짧게 답을 올렸다. 그러고는 곧장 전화벨이 울렸다. 밤 10시를 훌쩍 넘긴 시간이었다. 나는 얼른 전화를 받았다.

"전윰!"

혜리가 전화기 너머에서 내 이름을 불렀다. 까랑까랑 높은음의 목소리였다. 혜리의 시간은 아직 활기가 넘치는 듯했다.

“고혜리…….”

나는 나직하게 대답을 했다. 학원에 매어 있는 중3과 바닷가에서 아르바이트를 하는 중3은 목소리부터 차이가 났다. 혜리도 그걸 깨달았는지 깔깔대며 웃었다. 그러고는 통화하기 불편하냐 물었다. 나는 괜찮다고 했다. 그래도 목소리는 낮춰야 했다.

“이모가 여기에서 서핑 보드 대여점을 열었거든.”

혜리는 양양이 우리나라에서 손꼽히는 서핑 장소라고 했다. 그래서 이모네 가게를 찾는 사람도 많다고 말했다. 특히나 방학이 시작된 여름에는 눈코 뜰 새 없이 바쁘다고 했다.

“사람이 얼마나 많이 몰려오는지 몰라. 우리나라에서 서핑 탈 줄 아는 사람은 다 양양으로 오나 봐.”

혜리가 엄살을 부렸다. 그러면서 사진을 제대로 찍을 수 있는 타이밍이 없다고 했다.

“너는 어때? 학원은 다닐 만해?”

혜리가 물었다. 살가운 목소리였다.

“다닐 만할 것 같아?”

대꾸를 하는데 눈물이 핑 돌았다.

"다 너를 위한 투자라고 생각해."

혜리는 또 어른인 체했다. 피이-. 나는 입을 삐죽 내밀었다. 혜리가 푸하하 웃었다.

"너 또 삐죽거리고 있지?"

"어떻게 알았어?"

"내가 널 하루이틀 봤냐?"

혜리가 씩씩하게 말했다. 나는 빙시레 미소를 지었다. 어른인 체라고 했지만 사실 혜리는 어른스러운 구석이 많았다. 자기 행동에 확신이 있다고 할까. 그래서 나는 혜리가 한없이 부러웠고 그만큼 기대려 했다. 방학 내내 혜리가 내 곁에 없다는 사실이 나를 땅굴 바닥으로 끌어 내린 것도 같은 이유에서였다.

"우리 반에 이은지 있지, 걔도 같은 학원 다녀."

혜리에게 은지 이야기를 꺼냈다.

"진짜?"

혜리가 놀란 듯 말끝을 올렸다. 그래도 은지 덕분에 심심하지는 않다고 이야기하려 했는데, 갑자기 혜리 목소리가 멀어졌다. 그러고는 잠시 후 전화를 끊어야겠다고 했다. 급한 일이 생긴 모양이었다.

"나 자주 연락 못 할 수도 있어."

혜리가 아무렇지 않은 듯 말을 뱉었다. 왜냐고 물으려 했는데 전화가 뚝 끊겼다. 아쉽지만 하는 수 없었다. 혜리와 나의 방학은 확실히 달랐다.

학원에서의 시간은 여전히 쾌속선을 타고 달렸다. 나는 작은 보트를 타고 부지런히 쾌속선의 꽁무니를 쫓았다. 그래서 숨 고르기를 할 시간이 없었다. 쫓아갔다 싶으면 쾌속선은 또 속력을 냈다. 그나마 은지가 있어서 다행이었다. 은지도 나와 비슷한 속도로 쾌속선을 놓쳤다.

"혜리는 왜 이모네 간 거야?"

숨 막히는 일주일을 보내고 학원을 나서는데, 은지가 물었다. 나는 으쓱 어깨를 들었다 내렸다. 혜리에게 이모가 있느냐 묻던 은지에게 굳이 이유를 알려 주고 싶지 않았다. 혜리의 사생활이었고 은지와는 아무런 상관도 없었다.

"너 이우수 알지?"

은지가 이번에는 우수 이름을 꺼냈다.

"당연히 알지. 나도 천운중학교 학생이야."

나는 장난스럽게 은지의 물음을 넘겼다. 갑자기 은지가 내 쪽으로 슬쩍 붙더니 속삭이듯 작은 목소리로 말했다.

"걔 원래 이 학원 쭉 다녔었는데 얼마 전에 그만뒀대."

알고 있었다. 우수는 편의점에서 아르바이트를 시작했다. 하지만 나는 은지에게 아는 체하지 않았다. 굳이 은지가 알아야 할 일도 아니었다.

"혜리가 이모네 간 거 말이야, 우수랑 관계있는 거 아니야?"

은지가 뜬금없는 말을 던졌다. 나는 눈썹을 찡그리며 은지를 보았다.

"아니야?"

은지가 다시 물었다.

"무슨 관계?"

"어, 너 몰라?"

혜리와 우수는 잠깐 사귀는 사이였다. 그리고 그걸 아는 아이들은 천운중학교에 꽤 많았다. 혜리와 우수는 천운중학교에서 주목받는 아이들이었다. 하지만 은지의 분위기는 무언가 은밀했다. 둘이 헤어졌다는 사실을 묻는 게 아닌 듯했다.

"우수 말이야, 이번에 전산고에 지원한대."

은지가 또 우수의 이야기를 꺼냈다. 학교에서도 은지는 이런저런 소문을 유난히 좋아하는 아이였다. 그러는 모양새가 너무 가벼워 보여서 나는 은지와 가까워지지 않았다. 그게 이제야 생각났다.

"아직은 알 수 없는 거 아니야?"

나는 뚱한 얼굴로 은지의 말을 받았다. 고교 지원은 방학이 끝나고 결정된다.

"그게 사실은 말이야……."

은지가 내 곁으로 바짝 다가왔다. 그러더니 내 귀에 대고 말도 안 되는 소리를 지껄였다. 기가 턱 막혔다. 나는 잔뜩 찌푸린 얼굴로 은지를 째렸다. 며칠간이라도 은지와 동료애를 느꼈다는 게 수치스러울 지경이었다. 나는 뜨겁게 콧김을 내뿜고 은지에게서 몸을 돌렸다. 내 몸에서 뜨거운 바람이 훅 일어나 은지에게 닿기를 바랐다.

태양을 비켜 가는 방법

학원 버스에 올랐다. 버스에 에어컨의 냉기가 팽팽했다. 순식간에 땀이 증발해 버렸다.

나는 버스 왼쪽 창가에 있는 1인석에 자리를 잡았다. 그리고 가방을 꼭 끌어안고 눈을 감았다. 귓바퀴를 타고 은지의 속삭임이 살아났다. 기분이 나빠 부르르 몸을 털었다.

"말도 안 돼!"

도대체 은지는 어디에서 그런 소리를 주워들었을까. 순간 은지에게 물어볼 것을 싶었다. 어디에서 누가 그런 소리를 하느냐고 따지기라도 할 것을. 쌈박질이라도 해 볼 것을. 못 들은 척 돌아 나오는 게 아니었다. 다시 은지를 쫓아가 볼까 생각하는 사이에 버스 출입문이 닫혔다.

'어떡하지?'

갑자기 가슴이 두근두근 뛰기 시작했다. 지금이라도 내리겠다고 하면 기사님은 버스를 세우고 출입문을 열어 줄 거였다. 하지만 은지도 이미 버스를 타고 학원을 떠났을 것 같았다.

나는 가방 앞주머니에서 막대 사탕을 꺼냈다. 당을 충전하면서 은지의 말을 정리해 보고 싶었다. 하지만 정리하고 말 것도 없었다.

— 누가 그래?

은지에게 메시지를 보냈다.

— 너 빼고 다 알아!

은지에게서 곧장 답장이 왔다.

'그럴 리가!'

나는 있는 힘껏 고개를 저었다. 그리고 다시 휴대 전화를 잡았다.

— 그럴 리 없어!

— 마음대로 생각해.

은지도 기분이 상한 듯했다. 그래도 나는 은지의 마음을 풀어 주고 싶지 않았다. 당장 다음 주부터 학원에서 혼자가 된다 하더라도 어쩔 수 없었다. 나는 휴대 전화를 주머니에 집어넣고 막대 사탕에 집중했다. 사르르. 달콤한 맛이 입안에 번졌다. 이러면 기분도 달콤하게 녹아야 하는데 모래 알갱이가 씹히는 것 같았다. 기분이 영 나아지지 않았다.

새끼손톱만큼 남은 막대 사탕을 오도독 깨물며 버스에서 내렸다. 그리고 집으로 향하는데 편의점이 보였다. 혹시 우수가 있을까 싶었다. 만약에 있다면…….

'우수에게 물어볼까?'

하지만 뭐라고 물어야 할지 판단이 서지 않았다. 은지에게 들은 이야기를 무턱대고 물을 수는 없었다. 나는 아랫입술을 질끈 깨물었다. 더는 생각하지 않기로 마음먹었다.

"전유미!"

성큼성큼 걸음을 옮기는데 내 이름이 불렸다. 하필, 우수였다.

"지금 와?"

우수가 말을 붙이며 나에게 다가왔다.

"어어……."

나는 걸음을 멈춘 채 어정쩡하게 우수를 바라다보았다. 머릿속을 떠돌던 생각이 분주하게 튀어 올랐다.

"오늘은 막대 사탕 안 사?"

우수가 물었다. 걱정이라고는 하나도 없는 얼굴이었다.

"뭐, 아직……."

은지의 목소리가 내 머릿속에서 제멋대로 날뛰었다. 이 상태로 우수와 이야기를 나누다가는 크게 실수를 할 것 같았다. 마음을 가다듬어야 했다.

"넌 지금 끝났어?"

나는 우수를 똑바로 쳐다보며 야무지게 물었다. 우수는 고개를 끄덕였다. 그러면서 싱긋 웃었다. 기분이 좋아 보였다. 그 모습에 나는 기분이 팍 나빠졌다. 이유는 알 수 없었다. 모르는 척 돌아서는 게 나을 것 같았다. 어차피 우수와 그리 친한 사이도 아니었다.

"학원은 다닐 만해?"

우수의 질문이 나를 잡았다.

"뭐, 그냥저냥……."

우수가 학원 이야기를 꺼내서 또 은지가 생각났다. 하는 수 없었다. 궁금한 건 본인에게 직접 확인해야 했다.

"넌 왜 학원에 안 다녀?"

진짜로 묻고 싶은 건 이게 아니었다. 하지만 돌려 물을 수밖에 없었다. 대신에 나는 우수를 빤히 쳐다보았다. 우수의 표정 하나도 놓칠 수 없었다.

"뭐, 그냥!"

우수의 말에 성의가 없었다. 나도 모르게 짜증이 났다.

"야, 무슨 대답이 그래?"

"너도 이렇게 대답했잖아."

우수가 실없이 답했다.

'지금 나랑 장난치자는 거야? 그런 소문이 돌고 있는데?'

마음속에 소용돌이가 휘몰아쳤다. 나는 눈썹을 잔뜩 찡그리고 우수를 노려보았다.

"너는 학원에 왜 다녀?"

우수가 뜬금없는 질문을 던졌다. 나는 한껏 우그린 얼굴로 우수를 보았다. 딱히 대꾸할 말도 없었다.

"뭔가 목표가 있을 것 아니야."

우수가 말을 붙였다. 순간 혜리가 생각났다. '목표'는 혜리가 좋아하던 단어였다. 좋아하던……. 언제부터인가 혜리는 그 단어를 까먹은 것 같았다.

'무엇이 혜리를 바꾸어 놓았을까?'

궁금했다. 덩달아 은지의 말이 머릿속을 어지럽혔다.

'우수 때문일까?'

그렇다면 우수의 마음도 어지러워야 했다. 나는 다시 관찰자의 눈으로 우수를 바라보았다.

"너는 알바 왜 해?"

나름 중요한 질문이라고 생각했다. 하지만 우수의 답은 명쾌했다.

"경험이 필요해서."

돈 때문이라고 할 줄 알았는데, 경험이라고 했다.

'지금 나를 속이려는 걸까?'

머릿속이 또 부산스러워졌다.

"무슨 경험?"

"넌 나중에 뭐 하고 싶어?"

우수는 대답을 나에게로 넘겼다.

"야, 내가 물었잖아!"

나는 우수에게 버럭 화를 냈다. 지금 나의 신경이 매우 날카롭고 예민하다는 걸 우수가 알아차렸으면 싶었다. 하지만 우수는 영 눈치가 없었다.

"나는 나중에 사업가가 될 거야. 그러려면 많은 경험이 필요해."

"그래서 중학교 3학년 방학에 다니던 학원을 다 끊고, 편의점 알바를 한다고?"

나도 모르게 우수에게 따져 물었다. 우수가 살짝 멈칫거렸다. 당황한 듯했다. 나의 질문에 넘어오는구나 싶었다. 나는 우수의 얼굴을 뚫을 듯 쳐다보았다. 우수가 나와 눈을 맞추더니 피식 웃었다.

"내가 웃겨?"

확실하게 따져야지 싶었다. 우수가 손을 홰홰 저었다.

"중학교 3학년 방학이라 편의점 알바밖에 못 하는 거야. 아직 오토바이 면허증도 없고 경험도 없어서. 내년에는 오토바이 면허증 따서 배달 알바도 해 볼 거야."

우수 목소리는 단단했다. 그만큼 오래 생각하고 내린 결정 같았다. 아무래도 은지의 엉터리 같은 말에 내가 제대로 속은 듯했다. 바보 멍청이. 나는 푸우우, 입바람을 내며 도리질을 했다.

"덥다!"

마음을 가라앉혔으니 집에 가고 싶었다. 우수와 더 나눌 말도 없었다. 어차피 은지의 말은 확인할 가치도 없었다. 다만 은지가 계속해서 나불거리며 말도 안 되는 소리를 퍼뜨리고 다닐까 봐 신경이 쓰이기는 했다. 우수에게 은지의 말을 전하고, 사실 여부를 밝히라고 말해 주는 게 나을까 생각할 때였다.

"너도 목표를 가져 봐."

우수가 나직하게 말했다. 나는 눈을 찡그리며 우수를 보았다. 우수도 혜리처럼 어른스럽게 굴었다.

"학원 다니는 것 말이야. 떠밀려서 다니지 말라고."

우수는 말을 마치고 오른손을 번쩍 들어 흔들었다. 그러고는 가볍게 몸을 돌려 큰길로 향했다. 경험 삼아 처음 해 보는 아르바이트라고 했는데, 고단해 보이지 않았다. 오래전부터 해 오던 일을 능숙하게 해내는 프로 같았다.

"저 자식은 왜 못 하는 게 없는 거야."

나는 우수의 뒤통수를 보며 구시렁거렸다. 왠지 그래야 할 것 같았다. 똑같은 중학교 3학년인데 왜 다른가 싶었다. 우수는 어른스러웠고, 나는 턱없이 모자란 아이 같았다. 엄마가 짜 놓은 시간표대로 군말 없이 따라가는 어린아이. 자기 생각이라고는 막대 사탕 한 개만큼도 없는 숙맥. 그러다가 문득 우수의 부모님은 어떤 분들일까 궁금해졌다. 어떻기에 우수의 선택과 결정을 무한정 존중해 주고 있는 걸까. 얼굴도 모르는 그분들이 갑자기 존경스러웠고 불현듯 우수가 부러웠다.

"짜증 난다!"

나는 집을 향해 몸을 돌리면서 발을 쾅 굴렀다. 그래도 솟구친 짜증은 가라앉지 않았다. 가방에서 막대 사탕을 꺼내려다가 편의점으로 향했다.

"아, 유미 왔구나."

진열대 안쪽에 있던 사장님이 부리나케 뛰어나왔다. 그러고는 환한 목소리로 나를 반겼다. 나는 자연스럽게 막대 사탕으로 다가갔다. 한 손에 걸레를 쥔 사장님이 계산대로 들어갔다.

"뭐 하세요?"

"청소."

사장님은 손이 빨랐다. 계산을 하는데 10초도 걸리지 않았다.

"그런 건 알바생 시켜요."

나는 사탕 하나를 입에 넣으며 한마디 했다.

"학원이 영 재미없어?"

사장님이 나를 보며 실실 웃었다. 내 마음이 울뚝불뚝 고르지 않은 걸 눈치챈 모양이었다.

"재미있을 리 없잖아요."

"그래도 이왕에 하는 거……."

"어라, 사장님도 잔소리?"

나는 얼른 사장님의 말을 잘랐다. 사장님이 미안하다며 두 손을 들어 올렸다.

"우수는 재미있어하죠?"

"일하는 건데 재미가 있을라고."

"재미없어해요?"

"열심히 해."

사장님의 평은 간단했다. 나는 가만히 사탕을 쪽쪽 빨았다. 사장님이 말을 붙였다.

"일하는 사람이 열심인 건 좋은 거지."

역시나 우수는 사장님에게서도 칭찬 세례를 받고 있었다. 대단하다는 생각이 들었고 동시에 나는 한껏 쪼그라들었다. 이도 저도 아닌 애매한 아이. 그게 나다.

"갈게요……."

나는 힘없이 편의점 문을 밀었다.

"기운 내!"

사장님이 응원을 보냈다.

방학을 하고, 학원에 다니기 시작하면서 나는 기력을 잃었다. 애초에 아무런 목표도 없이 덜컥 학원을 다니는 게 아니었다. 엄마가 막무가내로 밀어붙여도 스스로 생각해야 했다. 그래서 학원이 필요한 이유를 찾았어야 했다.

'이제라도 이유를 만들어 볼까?'

내 안에서 이유를 찾아낸다면 학원에 매일 가는 것도 기쁠 수 있을 것 같았다. 아침부터 늦은 오후까지 일을 하면서도 씩씩한 우수처럼.

아파트 1층 현관 앞에서 하늘을 올려다보았다. 하늘은 무한정 높았고, 내리쬐는 태양은 여전히 강렬했다. 오후 5시가 다 되어 가는데도 말이다. 어쩌면 엄마가 태양 같다는 생각이 들었다. 그렇다면 나는 태양을 비켜 가는 방법을 알아내고 싶었다.

사라진 혜리

시간은 참 성실한 녀석이다. 기다리지 않아도 어김없이 꾸역꾸역 같은 속도로 다가온다. 월요일 아침도 그렇게 시작되었다.

"이제는 적응이 된 거야?"

엄마가 활짝 웃으며 말을 걸어왔다. 아침 7시 50분. 엄마는 출근할 시간이었다. 나는 대답하기 귀찮아서 고개를 끄덕였다.

"깨우지 않아도 일어나니 얼마나 좋아."

엄마는 말을 하면서 계속 웃었다. 정말 기분이 좋아 보였다. 나는 얼른 엄마에게서 벗어나고 싶었다. 휴대 전화를 들고 화장실로 들어왔다. 화장실 문틈으로 부산하게 움직이는 엄마가 보였다.

나는 변기에 앉아 휴대 전화를 열었다. 휴대 전화는 조용했다.

‘뭐지? 뭐야, 고혜리…….’

혜리에게서 연락 한 통이 없었다. 하필 은지가 나에게 이상한 소리를 내뱉은 그날부터 주말을 지나 지금까지 쭉. 내가 마냥 혜리의 연락만 기다린 것도 아니다. 금요일, 토요일, 일요일에도 나는 혜리에게 메시지를 보냈다. 물론 지극히 평범하고 일상적인 메시지였지만, 우리는 늘 그렇게 소통했으니까 분명히 답을 하고도 남았을 텐데. 휴대 전화는 계속 침묵을 지켰다. 그렇다고 혜리가 내 메시지를 확인하지 못한 것도 아니다. 메시지 옆에 붙어 있던 숫자 1은 사라졌다. 그러니까 혜리는 내가 보낸 메시지를 봤다는 거다. 그런데 왜 답을 안 하지? 밤새 이런저런 생각을 하느라 머릿속이 복잡했다. 잠을 잔 건지 만 건지 알 수가 없는 기분이었다.

“엄마 나간다!”

문밖에서 목소리가 밝게 울렸다. 내 기분과는 거리가 먼 목소리였다. 어쨌든 엄마라도 기분이 좋으니 잘됐다. 현관문 잠기는 소리가 ‘띠릭’ 울렸다.

거실로 나와 혜리에게 전화를 걸었다. 통화 연결음이 울렸지만, 혜리는 전화를 받지 않았다. 어제도 그제도 그랬다.

“진짜로 뭐지?”

이제는 더럭 겁이 났다. 혜리에게 무슨 일이 생긴 것 같았다. 그렇지 않고서야 이럴 수 없었다. 혜리 엄마에게 연락해 보고 싶었지만 연락처를 알지 못했다. 혜리 엄마네 가게로 찾아가는 수밖에 없었다. 그러려면 일단 학원에 가야 했다. 학원의 출결 시스템은 엄마에게 자동으로 전송되었다. 학원을 빼먹으면 엄마는 나를 들들 볶을 거다. 휴우. 월요일 아침부터 한숨이 터졌다.

학원 버스를 타러 가는 길에 편의점을 들렀다. 오늘도 나는 막대 사탕이 필요했다. 편의점에는 우수가 있었다.

"생각해 봤어?"

우수가 막대 사탕을 계산하며 말을 붙였다. 나는 뾰로통한 얼굴로 사탕을 집어 들었다. 목표를 가지라고 했던가. 학원을 떠밀리 듯 다니지 말라고 했던가. 주말을 보내며 나름 생각해 보려 했다. 하지만 내 머릿속에는 줄곧 엄마가 주입해 버린 말들이 나의 생각인 듯 번졌다. 답을 찾지 못한 채 혜리와 연락도 끊기면서 불안만 커졌다. 혜리가 떠오르자 머릿속에 은지의 말이 섞였다. 사라진 혜리와 눈앞에 버젓이 서 있는 우수. 나는 우수에게 묻고 싶었다.

"넌 왜 여기에서 일해?"

우수는 내 질문이 갑작스러운 듯 멀뚱멀뚱 나를 보았다.

"너는 이 동네 안 살잖아."

우수는 천운중학교를 기준으로 우리 집 반대편에 살았다. 그런데 왜 하필 우리 동네일까 싶었다.

"동네에서 알바는 좀 그렇잖아."

우수가 뻘쭘한 듯 싱겁게 웃었다.

"뭐가 그런데?"

내 말투가 삐딱했다. 마치 시비라도 거는 듯이.

"동네 어른들도 많이 알고, 친구도 많고."

우수는 착실하게 답했다.

"내가 여기에서 일하는 게 불편해?"

우수가 물었다. 목소리는 상냥했다. 나는 아니라고 답했다. 속으로는 혜리를 생각했다. 지금 혜리가 양양에 있기에 망정이지 그게 아니었으면 둘은 무수하게 만났을 거다. 이곳은 나와 혜리의 단골 편의점이었다. 그러니까 은지의 말이 사실이라면 우수는 일부러 혜리가 있는 이곳을 선택한 걸 수도 있었다. 아니다. 반대로 피했어야 맞으려나? 머릿속이 또 엉겨 버렸다. 나는 얼른 가방을 둘러메고 편의점을 빠져나갔다.

'내가 무슨 생각을 한 거야?'

어느새 우수와 혜리를 연결해 생각했다. 은지의 말이 내 머릿속의 일부를 잠식했나 싶었다. 아무리 부정하고 있어도 말이다. 나는 홰홰 머리를 저으며 학원 버스 정류장으로 향했다. 걸음이 어지간히 무거웠다.

1교시 수학 수업이 끝나고, 6층 강의실로 향하는데 등 뒤에서 익숙한 목소리가 들렸다. 은지였다. 그새 누군가와 친해지기라도 한 건지 연신 속닥거리며 계단을 밟았다.

"진짜?"

누군가의 목소리가 내 귀에 꽂혔다. 흥미로운 먹잇감을 발견한 듯 흥분한 목소리였다. 나는 얼른 몸을 돌렸다. 바로 뒤에서 계단을 오르던 아이가 깜짝 놀라 나를 쳐다보았다. 얼굴이 낯설지 않았다. 같은 학교 아영이었다.

"뭐야?"

아영이 옆에서 은지가 가시를 뱉었다.

"너야말로 뭐야?"

"내가 뭐?"

은지 목소리에 날이 섰다. 왠지 은지가 아영이에게 엉뚱한 이야기를 전했을 것만 같았다.

"너 지금 아영이한테 무슨 말 했어?"

은지의 말을 알고 싶었다.

"그걸 내가 너한테 왜 말해야 하는데?"

은지가 어이없다는 듯 콧방귀를 뀌었다. 아! 내가 조금 예민했던 것 같았다. 아무리 은지라도 확실하지 않은 말을 함부로 전했을 리 없었다. 그렇게 믿어 보기로 마음먹었다. 나는 다시 계단을 올랐다.

"야, 너도 알아?"

아영이가 내 팔을 톡 치며 은밀하게 물었다.

"당연히 알지, 모르겠냐?"

은지가 잽싸게 대꾸하더니 아영이를 끌고 내 옆을 지나쳤다.

"야, 오은지!"

은지는 혜리와 관련된 엉뚱한 말을 퍼뜨리고 있었다. 분명히 그런 것 같았다. 나도 모르게 은지의 팔을 확 잡아당겼다.

"아, 왜에?"

은지가 비명을 질렀다.

"너 엉뚱한 소리 자꾸 하면 경찰에 신고한다."

나는 목소리를 낮게 깔았다. 주변에 또래 아이가 너무 많았다.

"내가 뭘! 대체 무슨 소리를 했는데?"

은지가 신경질을 부렸다. 나는 두 눈을 부릅뜨고 은지를 쏘아보았다. 마음 같아서는 은지의 머리채를 잡고 사납게 싸우고 싶었다. 하지만 나에게는 그럴 만한 용기도 없었다. 친구 혜리가 괴상한 소문에 휩싸이고 있는데도 말이다.

'고혜리, 도대체 어디에서 뭘 하고 있는 거야?'

지금 내 곁에 없는 혜리가 연락도 안 된다는 사실에 속이 뒤틀릴 만큼 괴로웠다.

나는 탕탕거리며 계단을 마저 올랐다. 뒤에서 은지가 빽빽 성질을 냈지만 모른 척했다. 강의실 의자에 앉아 휴대 전화를 꺼냈다. 혜리에게서는 여전히 감감무소식이었다. 전화를 걸어도 받지 않았다. 곧장 과학 수업이 시작되었지만, 나는 수업에 집중할 수 없었다. 은지는 아영이와 함께 강의실 뒤쪽에 앉아 계속 속닥거렸다. 무슨 말을 나누고 있는지 알고 싶은 마음과 모르는 채 넘어가고 싶은 마음이 연신 충돌했다. 나는 가방 앞주머니를 열었다. 블루베리 맛 막대 사탕을 입안에 넣었다. 마음을 조금 가라앉힐 필요가 있었다.

독서 논술 수업까지 엉망으로 망치고, 학원 버스를 탔다. 일단 엄마에게 전송되는 출석 알람은 완료되었다. 이제 혜리를 찾아야 했다.

나는 혜리 엄마가 운영하는 화장품 가게 근처에서 내렸다. 가게 출입문을 열기가 무섭게 갖가지 화장품에서 뿜어져 나오는 향기가 코끝을 찔렀다. 혜리가 좋아하는 향기였다. 나는 화장품 진열대를 빠르게 지나 계산대로 다가갔다. 분홍색 앞치마를 두른 아르바이트 언니가 있었다.

"사장님 안 계세요?"

"네, 아직 안 나오셨어요."

"무슨 일이요?"

내 물음에 언니는 모르겠다는 듯 갸우뚱거렸다.

"혹시 사장님 연락처 좀 알려 줄 수 있나요?"

"그건 왜요?"

언니가 눈살을 찌푸렸다. 사장님 개인 연락처를 아르바이트생이 함부로 건넬 수는 없을 거였다.

"사장님이랑 통화를 꼭 해야 하거든요. 전화 좀 걸어 주실 수 없을까요?"

나는 두 손을 모으고 최대한 간절하게 언니를 보았다. 언니가 난처한 표정을 짓더니 할 수 없다는 듯 매장 전화기를 잡았다.

"누가 사장님이랑 통화를 하고 싶다는데요. 잠깐만요."

언니가 수화기를 내게 건넸다. 나는 얼른 수화기를 잡았다.

"유미구나?"

혜리 엄마가 내 목소리를 반겼다.

"혹시 우리 혜리한테 연락 온 것 없니?"

내가 묻고 싶은 걸 혜리 엄마가 물었다. 갑자기 눈앞에 켜 있던 전등이 일제히 꺼진 듯했다.

"아……."

"왜? 연락 없었어?"

혜리 엄마 목소리가 파르르 떨렸다.

'진짜로 무슨 일이 있는 거구나.'

어떻게 해야 할지 감이 잡히지 않았다. 머릿속이 빙글빙글 돌았다.

"이모님은 뭐라셔요?"

곧바로 정신을 차리고 혜리 엄마에게 물었다.

"이모라니? 무슨 이모?"

혜리 엄마가 당황스러운 말을 던졌다.

"혜리, 이모한테 간다고……."

내 말끝이 흐려졌다. 순간 혜리에게 이모가 있냐고 묻던 은지의 목소리가 떠올랐다.

"아니, 혜리가 무슨 이모한테 가……."

혜리 엄마도 말을 맺지 못했다. 머릿속이 어질어질했다. 혜리에게 나는 세상 둘도 없는 친구라고, 우리는 서로에 대해 모르는 게 없다고 자신했는데 아닌 듯했다. 순간 주변이 깜깜해졌다.

가려진 진실

화장품 가게 앞에 있는 자그마한 카페 구석에 자리를 잡았다.

'유미야, 시간 괜찮으면 잠깐 만나 줄 수 있어?'

전화기 너머 혜리 엄마가 애잔한 목소리로 물었다. 나도 혜리 엄마를 만나고 싶어 곧장 그러자 했다. 혜리 엄마는 20분 안에 도착할 수 있다며 화장품 가게 앞 카페 봄빛에서 기다려 달라고 했다.

카페 봄빛은 이름과는 달랐다. 벽면에 탁자와 의자도 전부 나무색이었다. 이렇게 꾸밀 거였으면 차라리 '가을빛'이라고 하지. 엉뚱한 생각이 흘렀다. 그러는 사이 직원이 진짜 복숭아가 들어간 아이스티 한 잔을 내 앞에 놓고 갔다. 대형 카페와는 달리 사람의 손길이 닿은 음료는 특별해 보였다. 나는 주홍색 빨대를

쪽 빨았다. 달달한 아이스티가 입안을 채웠다.

'우리 유미는 언제쯤 어른 입맛이 되려나?'

장난스럽게 나를 쳐다보며 씁쓰레한 커피를 홀짝거리던 혜리가 떠올랐다.

'혜리야, 도대체 어디 간 거야? 나한테 왜 거짓말한 거야?'

마음속이 유리컵 바닥에 넣어 둔 복숭아처럼 뭉개졌다. 그 마음을 추스르려면 혜리가 있어야 했다. 그러려면 혜리를 찾아야 했다.

"아, 아줌마가 사 주려고 했는데! 미안."

혜리 엄마가 다급하게 내 앞에 앉았다. 화장기는 물론이고 늘 착용하고 다니던 목걸이와 귀걸이도 없어 낯설었다. 하긴 방학 내내 이모 집에서 지내야 한다던 혜리가 더 낯설기는 했다.

"혜리가 이모네 간다고 했어?"

질문을 던지고 혜리 엄마는 아랫입술을 깨물었다. 나는 머리를 위아래로 흔들었다.

"이모네 간 게 아니에요?"

조심스럽게 말을 붙이며 혜리 엄마를 보았다.

"양양에 사는 내 친구를 이모라고 부르긴 했는데 혜리한테 방학 내내 가 있을 이모는 없어!"

혜리 엄마가 답했다. 순간 묵직한 방망이로 뒤통수를 맞은 듯한 기분이 들었다.

'은지 말이 맞았어!'

제일 친한 친구라 믿었던 나보다 은지의 정보가 더 정확했다. 그렇다면……. 또다시 은지가 내뱉은 말도 안 되는 소리가 머릿속을 어지럽혔다.

'설마, 아니겠지! 아닐 거야. 그럴 리 없어!'

나는 머릿속에 빳빳하게 힘을 넣었다. 그래야 했다.

"혜리는……."

혜리 엄마가 입을 열었다. 나는 머릿속을 깨끗이 지우고 대화에 집중했다.

"아빠한테 갔어."

"네?"

나도 모르게 비명이 솟았다. 아빠라니! 너무나 갑작스러웠다.

"난 아빠 없어!"

우리가 막 가까워질 무렵, 혜리는 지극히 당당한 태도로 그렇게 말했다. 나는 깜짝 놀라 입을 꾹 다물었다. 어쩐지 혜리에게 미안한 마음이 들어서였다. 그때, 혜리는 내 얼굴을 보고 깔깔대며 웃었다.

“울 아빠한테 사랑하는 사람이 생겼대.”

혜리가 웃음을 멈추고 말했다. 자신과는 상관없는 누군가의 이야기를 대신 전하는 듯했다. 나는 얼굴을 일그러뜨리고 혜리를 쳐다보았다. 혜리의 말을 이해할 수 없어 멀뚱거리기만 했다.

“아빠가 사랑하는 사람이랑 살겠다고 집을 나갔어.”

혜리가 다시 말을 붙였다. 그때 내가 “어디로?”라고 물었던가? 혜리는 어깨를 으쓱 들어 올리며 모른다고 했다.

“사랑하는 사람이 사는 데 갔겠지.”

“그럼 넌 아빠를 만날 수 없어?”

“만나려면 만날 수 있겠지만 만나기 싫어!”

혜리는 너무나 당연하다는 듯 고개를 쳐들었다. 그리고 힘 있는 목소리로 말했다.

“나한테는 엄마가 있으니까 괜찮아!”

혜리는 말을 맺으며 생긋 웃었다. 나는 어찌할 바를 몰라 허둥거리는데 혜리는 계속 껄껄거렸다. 그리고 “진짜로 괜찮아!” 했다. 어차피 아빠는 집에 있어도 자기에게 신경을 쓰지 않는다고 말이다. 아빠는 잔소리만 늘어놓는 사람이라고도 평했다. 그때 혜리의 말을 들으며, 혜리 아빠랑 우리 엄마랑 비슷하다는 생각도 어렴풋이 했던 것 같다. 아무튼 그 뒤로 혜리는 단 한 번도 아빠 이야기를 꺼낸 적이 없었다.

"갑자기 아빠한테는 왜요?"

"그게……."

혜리 엄마는 난처한 듯 머뭇거렸다. 그러고는 허리를 곧추세우며 목소리에 힘을 넣었다.

"중요한 건 지금 혜리 아빠도 혜리랑 연락이 안 된다는 거야."

이건 또 무슨 소린가 싶었다. 아빠에게 간 혜리가 아빠와도 연락이 닿지 않는다니.

"언제부터요?"

"토요일부터."

나와 연락이 끊긴 시점이랑 같았다.

"실종 신고를 하려고 했는데 그럴 만한 사유가 보이지 않는다고……."

혜리 엄마 목소리가 파르르 떨렸다.

"너는 알고 있을 줄 알았는데……."

혜리 엄마가 두 손을 맞잡았다. 손가락 끝이 달달거렸다.

"우리 혜리 어디 갔을까?"

혜리 엄마가 얼굴을 들었다. 두 눈에 눈물이 가득 고여 있었다. 나는 혜리 엄마의 눈길을 피했다. 눈물은 쉽게 전염될 거다. 지금은 혜리 엄마와 함께 눈물을 질질 흘리고 있을 때가 아니었다.

가방에서 보리 언니 목소리가 흘러나왔다. 나는 얼른 가방 앞주머니에서 휴대 전화를 꺼냈다. 혜리였으면 했는데, 휴대 전화 액정에는 엄마가 떴다. 6시 5분. 평소였으면 집에 도착했다는 메시지를 날린 뒤 거실에서 뒹굴거리고 있을 시간이었다.

"혜리 아니지?"

"엄마예요."

"얼른 받아."

"괜찮아요."

나는 휴대 전화를 무음 상태로 돌리고 가방에 집어넣었다.

"너한테도 연락이 없었다니 뭐, 어떻게 할 수가 없네……."

혜리 엄마가 중얼거렸다.

"혜리가 갈 만한 친척 집은 없어요?"

내 질문에 혜리 엄마는 느릿느릿 머리를 저었다.

"오늘까지도 연락이 안 오면 경찰서에서 실종 처리하고 찾아봐 준다니까……."

나를 다독이려는 듯 혜리 엄마 목소리가 차분해졌다. 하지만 기운은 하나도 없었다. 손끝을 조물조물 만지고 있는 행동이 매우 불안해 보였다. 오히려 내가 혜리 엄마를 위로해야 하는 게 아닐까 싶었다. 하지만 내 마음도 편치 않았다.

'혹시 은지가 알까?'

엉뚱한 생각이 꼬리를 들었다.

'아니면 우수?'

내 머릿속에 번개처럼 우수가 떠올랐다. 나는 힘껏 도리질을 했다.

— 고혜리, 어디야?

카페에서 나와 걸음을 옮기며 혜리에게 메시지를 보냈다. 읽씹을 당하더라도 끝까지 연락을 해야 했다.

집으로 향하는데 엄마에게서 계속 연락이 왔다. 혜리와 연락이 끊겨 정신을 빼고 있는 혜리 엄마가 생각났다. 자칫하다가는 우리 엄마도 앞뒤 가리지 않고 나를 쫓아올 것 같았다.

— 금방 집에 도착해요.

— 어딘데?

나의 짧은 메시지에 엄마의 날선 반응이 날아들었다. 분명 엄마는 회사에서 나에게 신경을 세우고 있을 거였다. 나는 엄마에게 대꾸할 수 없었다. 엄마는 집요하게 나의 대답을 요구할 거였다. 집에 도착할 때까지는 모르는 척하는 게 나았다. 지금은 혜리가 우선이었다.

복잡하게 엉기는 머릿속을 시원하게 풀지 못한 채 걸음을 옮기는데 곁눈으로 우수가 스쳤다. 순간 은지의 속삭임이 떠올랐고, 혜리 엄마의 초조한 얼굴이 보였다. 나는 큰 소리로 우수를 불러 세웠다.

"늦었네?"

우수가 환한 얼굴로 나에게 다가왔다. 나는 마른침을 꿀꺽 삼켰다. 막상 얼굴을 마주하니 무슨 말을 해야 하나 싶었다.

"너, 너도 늦었네?"

내 머릿속이 복잡해서인지 말이 더듬더듬 나왔다.

"응, 사장님 일이 있으셔서 세 시간 더 했어."

우수는 너무나 평화로워 보였다. 무엇이든 다 우수 마음대로 제어하고 있는 듯 보였다. 나는 내 힘으로 아무것도 못 하고 있는데, 혜리에게서는 연락이 뚝 끊겨 버렸는데! 심술이 났다.

"혜리가 사라졌어."

불쑥 혜리 이야기를 꺼냈다.

"사라지다니?"

우수가 눈을 휘둥그레 떴다.

"말 그대로야. 사라졌어. 연락이 안 된다고."

나는 혜리가 사라진 게 우수 탓이라도 되는 듯 따져 댔다.

"왜? 아니, 언제부터?"

우수는 아무것도 모르는 듯했다. 나는 길게 한숨을 내뱉고 걸음을 옮겼다.

"말을 하다 말고 그냥 가?"

우수가 나를 잡았다. 그새 우수 얼굴에 근심이 섞인 듯 보였다.

"걱정돼?"

우수에게 물었다.

"혜리랑 연락이 안 된다면서?"

우수가 목청을 높였다. 제법 걱정을 하는 얼굴이었다. 나는 우수를 빤히 쳐다보았다. 동시에 은지의 속삭임이 악마의 소리처럼 들렸다.

"너, 혜리랑 무슨 일 있었어?"

"무슨 일?"

우수가 되물었다.

"내가 물었잖아. 혜리랑 무슨 일 있었느냐고."

"잠깐 사귀다가 헤어진 거 말고는……."

"왜 헤어졌어?"

혜리랑 우수는 두 달 전 헤어졌다. 그것도 갑자기. 나는 혜리의 연애사에 관심을 두지 않았다. 혜리도 남자 친구와의 일은 나에게 일절 언급이 없었다. 그게 서로에게 편하다고 생각했다. 그런데 이런 일이 닥치고 보니 좀 알아 둘 걸 그랬나 싶었다. 나는 손톱을 야금야금 깨물며 우수를 살폈다. 하지만 우수의 낯빛은 딱히 달라지지 않았다.

"둘 다 그냥 시기가 좋지 않았던 것 같아……."

우수가 속을 알 수 없는 말을 늘어놓았다.

"그게 무슨 소리야?"

"그냥……."

우수는 대답을 꺼리는 듯 보였다. 이럴 때는 단도직입적으로 묻는 게 나을 것 같았다.

"너희…… 아기 생겼니?"

"뭐어?"

내 물음에 우수는 얼굴을 있는 대로 구겼다. 무슨 말도 안 되는 소리를 지껄이는 거냐고 꾸짖는 듯한 얼굴이었다. 그래도 나는 확실하게 해 두고 싶었다.

"아기가 생겼다면서? 그래서 혜리는 집을 나가고, 너는 학원 그만두고 돈 버는 거라며!"

나는 은지에게서 들은 말을 우수에게 그대로 퍼부었다. 우수가 혐오스러운 눈빛을 나에게 보내더니 딱딱하게 굳은 얼굴로 몸을 돌렸다. 나는 다시 우수를 잡았다.

"뭐야, 대답을 해야지!"

"너, 혜리 친구 맞냐?"

우수가 벌레를 씹은 듯한 표정으로 나를 쳐다보았다. 눈초리에는 경멸이 담겼다.

"나도 아니라고 생각했는데!"

"그럼 끝까지 아니라고 생각해야지!"

우수가 짧게 말을 마치고는 뒤돌아 가 버렸다. 다시는 상종하지 말아야 할 괴물이라도 대하는 것 같았다. 순간 내 자신이 한심하게 느껴졌다.

'아니라고 생각했는데…… 분명히 아닌 줄 알고 있었는데.'

어쩌자고 굳이 우수에게 확인하려 들었을까 싶었다. 그것도 혜리가 사라진 이 시점에.

나는 자리에 풀썩 쪼그려 앉았다. 혜리를 찾아야 하는데 아는 게 하나도 없었다. 함께했던 시간이 허무하게 날아가 버렸다.

유미의 결단

아파트 단지에 있는 3놀이터로 향했다. 1놀이터나 2놀이터는 아파트 입구에서 가깝기 때문에 자칫하다가는 엄마에게 발각될 수 있었다. 우리 집이 입구에서 가까운 103동이기 때문이다.

"조용하네……."

놀이터 한쪽에 놓인 나무 의자에 앉아 우수가 말했다. 나는 텅 빈 놀이터를 물끄러미 바라보았다. 아파트에 이사 와서 초창기에는 그러니까, 내가 초등학교 3학년 때에는 놀이터에서 뛰어노는 또래 아이들을 제법 볼 수 있었다. 나도 1놀이터, 2놀이터, 3놀이터를 번갈아 가며 아이들이랑 떼 지어 놀았다. 초등학교 5학년 때에는 혜리와도 종종 이곳에 왔었다. 고래고래 악을 쓰며 노는 아이들을 바라보며 우리는 쉴 새 없이 속닥거리고 깔깔거렸다.

‘혜리는 어디로 간 걸까?’

나는 두 손으로 휴대 전화를 잡았다. 엄마가 보내는 메시지만 연신 들어왔다.

“혜리 얘기는 뭐야?”

우수가 물었다. 방금 전, 우수는 바닥에 주저앉아 덜덜 떠는 나를 차마 모른 척할 수 없었는지, 아무 말 없이 터덜터덜 내 뒤를 좇았다. 그리고 내 옆에 앉아 물음을 던졌다.

“하아…….”

나는 한숨을 내쉬며 두 손으로 머리카락을 쓸어 올렸다. 저녁 7시가 지났지만 한여름 공기는 여전히 뜨거웠다.

“아까 말했잖아. 사라졌다고.”

“아기 얘기는?”

우수는 ‘아기’ 이야기가 신경 쓰인 모양이었다. 나는 고개를 홰홰 저었다. ‘아기’ 얘기는 나도 모르겠다. 은지가 속닥거린 소문일 뿐이다. 우수가 입을 열었다.

“혜리가 아기를…….”

“아니야!”

나는 우수에게 신경질을 부렸다. 아기 이야기는 굳이 꺼낼 필요가 없었다. 우수가 이미 아니라고 했다.

"혜리가 어디 갔는지 모르는 거야?"

우수는 확인하고 싶은 듯 보였다. 나는 가만히 있었다. 알고 있으면 너에게 물었겠느냐 따지고 싶었지만, 그럴 기운도 없었다.

앞주머니에서 휴대 전화가 부르르 떨렸다. 혹시나 혜리가 연락할까 싶어 휴대 전화를 무음에서 진동 모드로 풀어 놓았는데 끊임없이 엄마의 메시지만 날아왔다.

"확인 안 해도 돼?"

우수가 물었고, 나는 자리에서 일어났다. 이제는 집에 들어가야 했다.

"혜리한테 연락 오면 나한테도 알려 줄래?"

우수가 나를 빤히 쳐다보았다. 어쩐지 걱정이 가득한 듯 보였다. 나는 알겠다고 했다. 내가 우수에게 전염시킨 걱정이었다. 나에게도 책임은 있었다.

"막대 사탕은 있어?"

함께 103동으로 내려오면서 우수가 물었다. 아! 정신이 없어서 막대 사탕 사 오는 걸 깜빡 잊었다. 갑자기 머릿속에 뿌연 안개가 끼는 것 같았다.

"여기!"

우수가 막대 사탕 두 개를 내밀었다. 이게 무슨 상황인가 싶어 나는 말없이 우수를 쳐다보았다.

"동생 주려고 산 건데 너한테 필요할 것 같아서."

우수는 싱겁게 웃었다.

"동생 안 줘도 돼?"

"뭐, 사다 달라고 한 것도 아니니까."

우수는 괜찮다는 듯 고개를 주억거렸다. 그러고는 꼭 연락하라는 말을 던지고 아파트 정문으로 향했다. 막대 사탕 두 개가 꼭 뇌물 같았다. 빨리 혜리를 찾아내라는 압력처럼 말이다.

막대 사탕을 가방 앞주머니에 넣고 엘리베이터에 올랐다. 시간은 7시 45분을 넘어가고 있었다. 아빠는 이미 집에 들어와 저녁을 준비하고 있을 거고, 엄마는 퇴근 전일 거였다. 그나마 다행이었다. 얼른 집에 들어가 모르는 척 아빠 곁을 지켜야지 싶었다.

도어록에 비밀번호를 삑삑삑 누르기 시작하는데, 현관문이 달칵 열렸다.

"너 어떻게 된 거야?"

엄마가 문 앞에서 버럭 소리를 질렀다.

"엄마……."

아직은 엄마가 집에 돌아올 시간이 아니었다. 나는 당황해서 자리에 우뚝 섰다. 엄마 뒤로 아빠 얼굴이 빼꼼 드러났다.

"유미야, 왜 연락이 안 돼?"

아빠가 한숨을 섞어 가며 말을 뱉었다. 엄마랑 아빠가 이렇게 걱정하고 있을 줄 몰랐다. 고작 한두 시간 연락이 안 되었을 텐데 말이다.

"엄마는 왜 벌써 왔어요?"

"네가 연락이 안 되니까 왔지!"

엄마가 쨍하니 소리를 높였다.

"곧 집에 도착한다고……."

"그랬던 애가 한 시간이 넘도록 연락이 안 되는데!"

엄마가 씩씩거렸다. 순간 손가락 끝을 누르며 파들파들 몸을 떨던 혜리 엄마가 생각났다. 혜리 엄마는 지금 무얼 하고 있을까.

"전유미!"

엄마가 외쳤다. 또 머릿속이 혜리에게로 흘렀다. 혜리 엄마 못지않게 파르르 떨고 있는 우리 엄마 앞에서.

"죄송해요."

나는 곧장 고개를 숙였다.

엄마에게 집에 곧 도착한다 답을 한 뒤에 우수와 마주쳤다. 그리고 우수에게 소문의 진위를 확인하며 긴 시간을 보냈다. 머릿속에 혜리 생각이 가득해서 엄마를 까맣게 잊고 있었다. 쉴 새 없이 메시지를 보내는 엄마가 짜증스러울 뿐이었다.

"저녁 먹자."

아빠가 엄마를 지나 내게로 다가왔다. 그러고는 어깨에 둘러멘 가방을 받아 들었다.

"아이쿠, 가방이 왜 이렇게 무겁냐."

아빠가 가볍게 말을 던지며 싱긋 웃었다. 분위기를 바꿔 보려 애를 쓰는 듯 보였다. 아빠에게도 미안한 마음이 스몄다. 얼른 식탁 앞에 앉았다.

"무슨 일 있었어?"

엄마가 물었다. 목소리는 여전히 냉랭했다. 나는 밥알을 씹으며 혜리 생각을 했다.

초등학교 때까지만 해도 엄마는 혜리를 무척 좋아했다. 당시 혜리는 야무지게 수행 평가를 챙겼고 그만큼 좋은 성적을 받았다. 중학교에 와서도 크게 달라지지 않았다. 다만 조금씩 꾸미기 시작했는데 엄마는 그걸 마땅찮게 생각했다.

"공부할 시간도 모자랄 텐데 왜 저렇게 외모를 챙긴다니?"

엄마는 혜리를 보며 혀를 끌끌 찼다. 짧은 원피스에 긴 머리를 양 갈래로 땋아 내리고, 비비 크림에 블러셔까지 꼼꼼히 챙겨 바르는 모습이 예쁘기만 했는데 말이다. 엄마는 내가 혜리처럼 외모에 신경 쓸까 봐 조금은 걱정하는 듯했다. 그런 엄마에게 혜리 이야기를 사실대로 풀어 낼 수 없었다.

"뭐, 그냥……."

"학원 다니기 힘들어서 그래?"

아빠 말에 나는 그렇다고 했다. 혜리 이야기를 꺼내느니 학원으로 말을 돌리는 게 나을 것 같았다. 실제로 학원이 편하지 않았다. 은지와 사이가 틀어지면서는 바다 위에 뚝 떨어져 있는 섬처럼 내내 불편했다.

"이제 시작인데 벌써 힘들면 어떡해?"

엄마 목소리에 가시가 돋았다. 이제 본연의 모습으로 돌아왔다. 연락이 안 된다며 덜덜 떨던 엄마는 사라졌다.

"열심히 할게요."

나는 얼른 대꾸했다. 지금으로서는 이게 최선의 방패였다.

저녁을 먹고 방으로 들어와 책상 앞에 앉았다. 엄마의 신경을 건드렸으니 뭐라도 하는 척을 해야 했다. 수학 교재를 펼치고 펜을 잡았다. 그리고 다른 손으로는 휴대 전화를 열었다. 저녁 9시가 다 되어 가지만 여전히 혜리에게서는 연락이 없었다.

"후우!"

한숨이 절로 났다. 나는 한 손으로 턱을 괸 채 수학 문제를 훑었다. 하지만 어떤 문제도 눈에 들어오지 않았다.

'혜리야, 뭔데…… 아빠라니, 나한테 왜 거짓말한 거야. 지금 어디에서…….'

같은 생각이 도돌이표를 매달고 있을 때였다. 메시지 알람이 울렸다. 나는 잽싸게 휴대 전화를 잡았다.

— 무섭다.

짤막한 메시지. 혜리였다. 나는 허둥지둥 혜리에게 전화를 걸었다.

"전윤……."

"뭐야, 너!"

목소리는 크게 키울 수 없었다.

"너무 늦었지?"

혜리 목소리에 기운이 없었다.

"너 어디야?"

다짜고짜 혜리에게 물었다. 그럴 수밖에 없었다.

"……."

"아빠네 집에 갔다면서?"

"아!"

혜리가 짧은 탄성을 뱉었다. 그러고는 "미안!" 하고 말했다. 나는 도리질을 했다.

"미안해할 것 없어. 그러니까 빨리 말해. 너 지금 어디야?"

말을 하는데 왈칵 울음이 솟구쳤다. 잠시 핸드폰을 떼고 꿀꺽 울음을 삼켰다. 울고 싶지는 않았다.

"부산……."

"부산?"

거기가 아빠네 집인가 생각했다. 혜리 엄마에게 물어볼 걸 그랬나 싶었다. 하지만 늦었다.

"부산 어디?"

"알면 뭐 하게……."

혜리 목소리가 가느다랗게 떨렸다. 나는 혜리가 보낸 문자 메시지를 생각했다.

"무섭다면서?"

조심하려 했는데 목소리가 커졌다.

"그렇기는 한데……."

"그러니까 말해!"

나도 모르게 혜리에게 명령했다. 왠지 그래야 할 것 같았다. 순간 방문이 열렸다. 엄마가 들어왔을 거였다. 그래도 나는 통화를 멈출 수 없었다.

"말하면?"

혜리가 물었다.

"갈게!"

나는 목소리에 힘을 넣었다. 그래야 혜리가 자신의 위치를 밝힐 거다. 지금 혜리에게는 확신을 줘야 했다.

"부산이라니까!"

"좋아, 그럼 부산역에서 기다려."

"야, 전윰……."

혜리가 내 이름을 부르는 사이에 나는 전화를 뚝 끊어 버렸다.

방문을 향해 고개를 돌렸다. 방문 앞에 엄마, 아빠가 나란히 서 있었다.

"무슨 일이야?"

엄마가 두 눈을 크게 뜨고 물었다. 무언가 심상치 않은 기운을 느꼈을 거였다. 나는 자리에서 발딱 일어났다.

"저 부산에 가야겠어요!"

"뭐라고?"

엄마가 눈썹을 찌푸렸다.

"가야 해요!"

나는 엄마 앞에 똑바로 섰다.

"지금이 몇 시인 줄 알아?"

엄마 목소리가 칼날처럼 날카로워졌다. 하지만 나는 물러설 수 없었다.

"알아요. 그러니까 더 가야 해요."

"유미야, 뭔지는 몰라도 차근차근……."

아빠가 내 팔을 잡았다. 기어이 말리려는 모양이었다. 나는 더 크게 소리쳤다.

"내 친구 혜리가 지금 부산에 있어요. 부산에서 저한테 연락을 했다고요!"

엄마, 아빠는 내 말을 이해하지 못한 것 같았다. 하지만 나는 다른 것을 생각할 수 없었다. 지금이 몇 시인지 부산까지 가는 데 얼마나 오래 걸리는지 그런 건 계산하고 싶지 않았다. 연락이 끊겼던 혜리가 도움을 청했다는 것, 나에게는 그것만이 중요했다.

부산의 밤

나는 허둥지둥 가방을 챙겼다. 그래 봐야 휴대 전화와 보조 배터리 그리고 얼마간의 현금이 들어 있는 카드가 전부이기는 했다.

"이 밤에 무슨 수로 부산에 간다는 거야?"

엄마가 내 팔을 확 잡아챘다. 목소리는 한껏 낮췄다. 화를 꾹꾹 눌러 참고 있다는 걸 과시라도 하는 것처럼. 나도 지지 않고 답했다.

"기차 타고 갈 거야."

부산까지는 KTX를 타고 두 시간 남짓 걸렸다. 그리고 집에서 기차역까지는 지하철을 타면 한 번에 갈 수 있다.

"이 시간에 부산 도착하면 자정이야. 내일 학원은?"

"엄마!"

나는 두 눈을 부리부리하게 뜨고 엄마를 째렸다. 이 상황에서도 엄마는 학원을 떠올렸다. 진저리가 났다. 아빠까지 나를 만류하려 들었다. 아빠는 평소 엄마 말에 대체로 맞장구치면서도 내 편이라는 느낌을 종종 주곤 했었다. 하지만 오늘은 아닌 듯 보였다.

"아빠, 내 친구가 부산에 있는데 무섭다고 연락이 왔어요."

아빠에게 사정을 하는 수밖에 없었다.

"혜리 엄마한테 연락해."

엄마가 차갑게 말했다.

"혜리가 연락한 사람이 나라니까. 엄마는 그것도 몰라요?"

나는 소리를 지르며 방바닥에 쪼그려 앉았다. 그리고 눈물을 쏟아 내며 꺼이꺼이 울었다. 머릿속에는 혜리 생각이 가득했다. 금요일 이후로 지금까지 연락이 끊겼던 친구였다. 혜리의 엄마 아빠도 혜리가 어딨는지 모르는 상황이었다. 이럴 때 내가 엄마에게 막혀 버리면…….

나는 가방을 홱 집어 들고 무작정 방을 빠져나왔다.

"전유미!"

엄마 목소리가 사납게 치솟았다. 나는 신발을 신고 현관을 나서려 했다.

“유미야!”

아빠가 부랴부랴 쫓아왔다.

“아빠가 데려다줄게.”

“어디까지요?”

“기차역까지.”

아빠 말이 끝나기 무섭게 엄마가 빽 소리를 질렀다.

“애를 말려야지, 지금 뭐 하자는 거야?”

엄마의 화살이 이번에는 아빠에게 향했다. 그러거나 말거나 아빠는 자동차 열쇠를 쥐고 현관 밖으로 나갔다.

“가자!”

아빠가 엘리베이터에 올라 지하 주차장 버튼을 눌렀다.

“아빠…….”

“가야 한다며? 그럴 때는 가야지!”

아빠가 나를 보며 벙긋 웃었다. 그러고는 “대신!”이라며 몇 가지 조건을 붙였다. 나로서는 충분히 아니, 필요한 조건이었다. 나는 얼른 아빠의 손을 잡았다.

아빠가 기차 안까지 따라와 내 좌석을 확인한 다음 음료수 한

병을 자리 앞에 달린 망에 꽂아 주고 나서야 내렸다. 엄마에게서는 계속 전화가 울리고 메시지가 왔지만 깡그리 무시했다. 아빠도 마찬가지였다. 아마도 아빠는 오늘 밤 엄마에게 꽤 혼날 거였다. 아빠에게 미안했다.

— 내일 혜리와 함께 돌아올게요.

아빠에게 메시지를 보냈다.

— 필요한 거 있으면 언제든 말해.

아빠의 답은 따스했다. 아빠가 있어서 참 다행이었다.

나는 다시 휴대 전화를 열었다. 혜리에게 부산역으로 가고 있으니 두 시간 뒤에 보자고 연락했다.

— 기막히게 멋진 녀석, 고맙다!

혜리의 답을 받으니 살 것 같았다. 숨통이 트이는 기분이었다. 동시에 혜리 엄마가 떠올랐다. 혜리가 자기 엄마에게도 연락을 했을까. 만약에 하지 않았다면 나라도 해 드려야 하는 게 아닐까. 그러다가 생각을 멈추었다. 혜리 엄마에게는 혜리가 연락하는 게 맞을 것 같았다. 만약 그게 아니라면 그만한 이유가 있을 거였다. 혜리 엄마를 접어 버리니 마치 차례를 기다린 것처럼 우수가 생각났다. 걱정 가득한 얼굴로 막대 사탕을 내밀던 녀석…….

'아!'

막대 사탕을 빠뜨렸다. 부산에 도착하면 제일 먼저 막대 사탕부터 사야 할 것 같았다.

— 혜리 부산에 있대.

일단 우수에게 메시지를 보냈다.

— 연락 온 거야?

기다렸다는 듯이 우수가 답을 날렸다.

— 혜리 만나러 부산 가는 길.

— 혼자?

— 응.

— 부럽다!

우수가 뜬금없는 답을 했다. 나는 피식 웃으며 메시지 창을 열었다.

— 부럽다니, 뭐가?

— 훌쩍 갈 수 있는 거!

가볍게 훌쩍 나온 건 아니었는데 우수에게는 부러운 모양이었다. 딱히 대꾸할 말이 없어서 손가락이 휴대 전화 위를 맴도는데 다시 메시지가 들어왔다.

— 나 가도 돼?

— 이 시간에?

— 안 되나?

나도 가고 있으니 안 될 것은 없었다. 하지만 갑자기 우수와 나타나면 혜리가 당황할 것 같았다.

— 잘 다녀와.

내가 머뭇거리는 사이 우수가 답을 보냈다. 짧은 글에서 아쉬움이 뚝뚝 묻어났다. 내 느낌일 수도 있지만 말이다.

— 연락할게.

한 번쯤은 우수까지 셋이 만나 이야기를 나누어도 괜찮을 것 같았다. 혜리도 은지가 떠들고 다니는 괴상한 소문을 알지 못했다. 본인에게 알려 바로잡을 필요가 있었다. 일단은 혜리의 문제부터 해결하고 난 뒤에 말이다.

나는 플레이리스트를 열었다. 이럴 때는 보리 언니의 노래를 음미해야 했다. 그래야 마음이 차분해질 테니까. 보리 언니의 낮고 음울한 목소리가 귓속을 파고들었다. 눈을 감고 노래를 들으며 혜리를 떠올렸다. 혜리를 만나면 무슨 말을 할지 미리 생각해두고 싶었다. 하지만 다 쓸데없는 일이었다.

"너 어떻게 여기까지 온 거야!"

부산역에 들어서자마자 혜리가 달려와 나를 와락 안았다. 그러고는 아이처럼 눈물을 쏟았다. 나도 터져 나오는 눈물을 참을 수 없었다. 우리는 부둥켜안고 한참을 꺽꺽 울었다.

"저기……."

누군가가 우리에게 다가왔다. 아빠가 말한 후배인 듯했다. 나는 눈물을 닦으며 자리에서 일어났다. 혜리는 젖은 눈으로 나와 아저씨를 바라다보았다.

"늦은 시간에 죄송합니다."

나는 얼른 아저씨에게 고개를 숙였다. 아저씨는 아빠가 나에게 내건 조건 중 하나였다. 부산에 사는 아빠의 친한 후배 아저씨 댁에 머물기.

"아니야, 얼른 가자."

아저씨가 앞장서기 시작했다. 어느새 자정이 다 되어 갔다. 나는 혜리의 손을 잡고 아저씨 뒤를 좇았다.

부산역 주위는 우리가 사는 도시와는 사뭇 달랐다. 워낙 늦은 시간이라 그런지 도로는 한산했다. 자동차는 곧장 다리 위로 올랐다. 양옆으로는 은은한 빛의 전등이 마치 등대처럼 반짝이고 있었다. 다리 아래는 바다였다. 새까만 어둠에 파묻혔지만 분명 바다였다. 정박해 있는 배가 여러 척 눈에 뜨였다.

"어서들 와. 잠자리 준비해 뒀으니까 편하게 쉬어."

늦은 밤, 갑작스러운 불청객을 아저씨의 부인은 편안하게 맞았다. 샤워도 하라며 커다란 수건을 내어 주었다.

— 아저씨 집에 잘 도착했어요. 아빠, 감사♡

혜리가 씻고 오는 동안 나는 아빠에게 메시지를 보냈다. 아빠는 곧장 혜리와 좋은 시간을 보내라는 답을 했다.

— 엄마는?

— 아빠가 잘 이야기해 뒀으니까 걱정 말고, 아빠한테 연락 자주 해.

아빠의 답장에 배시시 웃음이 났다.

'진짜 엄마 걱정을 덜어도 되는 걸까?'

그럴 수는 없을 것 같았다. 엄마는 굉장히 부루퉁한 얼굴로 있을 거였다. 내일 학원은 어쩔 거냐고 밤새도록 따지고 들지 몰랐다. 후유.

"아, 시원하다!"

혜리가 수건으로 젖은 머리를 털며 내 옆으로 다가왔다. 한결 개운해 보였다.

"너 어디 있었던 거야?"

혜리에게 곧장 물었다.

"아빠네 집!"

"……."

나는 대답 대신 샐쭉한 얼굴로 혜리를 흘겼다. 그건 이미 알고 있다. 내가 궁금한 건 금요일부터 주말 내내 어디 있었는지다. 혜리는 여전히 나에게 무엇인가를 숨기려는 걸까. 기분이 씁쓸해졌다.

"여기 와서 사귄 친구가 있는데 걔네 부모님이 주말에 여행 간대서 걔네 집에 있었어."

혜리가 말을 길게 붙이며 옆자리에 앉았다. 그러고는 가방에서 화장품 파우치를 꺼내더니 스킨을 덜어 얼굴에 톡톡 두드렸다.

"너도 줄까?"

혜리가 화장품을 내밀었다. 나는 옆으로 머리를 흔들었다. 이 상황에서 혜리는 참 여유로워 보였다.

"그런데 부모님한테는 왜 연락 안 해?"

내가 혜리에게 물었다. 혜리는 어깨만 으쓱 들었다가 내렸다. 그러고는 몇 가지 화장품을 골고루 펴 바르더니 화장품 파우치를 가방에 넣고, 내 옆으로 바짝 들러붙었다.

"야, 내가 얼마나……."

속을 끓였는지 말해 주려 했는데, 혜리가 새우 눈을 뜨며 내 팔을 잡았다.

"미안해."

"맞아. 너 아주 많이 미안해야 해."

나는 부루퉁하게 혜리의 사과를 받았다.

"그러니까 빨리 말해!"

나는 혜리와 나누어야 할 말이 정말 많았다. 이모네 집, 아르바이트, 바닷가 사진은 무엇인지, 그리고 아빠네 집을 왜 갔으며 나와 어째서 연락을 끊은 건지!

"야, 천천히, 천천히!"

혜리가 내 옆에 누워 다리를 쭉 폈다. 다리 쪽으로 침대 안전 가드가 걸렸다.

"이 방 주인은 어디서 자고 있을까?"

혜리가 방을 둘러보았다. 내 눈도 자그마한 방을 훑었다. 코끼리와 기린, 원숭이 같은 동물과 초록 잎사귀 그림이 가득한 벽지에 침대 매트리스 주위로는 가드가 있고, 갖가지 인형과 장난감이 빼곡했다. 이마도 이 집 아이가 쓰는 방인 듯했다.

"우리가 아이방을 빼앗았네."

혜리가 나를 향해 몸을 돌렸다. 그러고는 막대 사탕이 있냐고 물었다.

"아!"

"없어?"

혜리가 놀란 듯 두 눈을 크게 떴다.

"너 때문에 정신없이 오느라!"

부산역에 도착하면 곧장 막대 사탕을 사려고 했는데, 혜리 때문에 놓쳤다.

"이 방 주인 주면 좋아했을 텐데!"

혜리가 자리에서 발딱 일어나더니 가방을 뒤적거렸다. 선물할 만한 걸 찾는 눈치였다.

"이거라도 줄까?"

혜리가 머리끈 두 개를 내밀었다. 나는 피식 웃었다. 혜리는 참 태평해 보였다. 이걸 다행이라 여겨야 할지는 알 수 없지만.

"자자!"

혜리가 불을 끄고 내 옆에 누웠다. 나는 혜리에게서 듣고 싶은 이야기가 정말 많았다. 하지만 너무 늦은 시간이었다. 어쩌면 단잠을 자는 게 먼저일지도 몰랐다. 얌전히 잠을 자려는데 혜리가 휴대 전화를 꺼냈다. 그러고는 사진을 보여 주는데, 네댓 살쯤 된 남자아이가 쭈르륵 떴다.

"누구야?"

혜리에게 물었다.

"동생."

"동생?"

내 목소리가 훌쩍 커졌다. 혜리가 고개를 끄덕였다. 갑자기 동생이라니 무슨 소리인가 싶었다.

"나한테 동생이 있더라고. 다섯 살이야."

혜리는 가만히 사진에 있는 동생을 들여다보았다. 나는 말없이 혜리를 쳐다보았다. 도대체 혜리에게 무슨 일이 있었던 건지 궁금하고 또 궁금했다. 혜리와 함께하는 부산의 밤은 새벽 1시를 넘어가고 있었다.

혜리의 낯선 여름

방학하고 이틀 뒤, 혜리는 기차를 타고 부산에 사는 아빠 집을 찾았다고 했다.

"아빠가 부산역으로 마중을 나왔어. 아까 그 아저씨처럼."

혜리는 아빠를 5년 만에 처음 만났다고 했다.

"낯설고 어색하더라. 어렸을 때는 분명히 친했던 것 같은데……. 시간이라는 게 그런 건가 봐. 연락 한번 없이 시간만 흘려보내면 남보다도 못해지는 게 관계인 것도 같고……."

혜리는 느릿느릿 말을 이었다.

"같이 부산역 앞에 있는 밀면집에 갔어. 밀면이랑 만두를 먹고 나서는데 아빠가 교통 카드를 쥐어 주더라고!"

혜리 아빠는 갈 데가 있다며 먼저 아빠 집에 가 있으라고 했다.

혜리는 당황스러웠다. 그곳에는 분명히 혜리 아빠의 새 부인이 있을 거였다.

"사실은……."

혜리 아빠가 무겁게 입을 열었다.

"너한테 동생이 있는데 말이지."

아빠에게서 동생이라는 말을 듣는 순간 혜리는 무언가 잘못되었다는 생각이 번득였다고 했다.

"지금 좀 많이 아파."

혜리 아빠가 말을 붙였다. 그날 아침, 얼굴도 모르는 동생은 수술을 받았다고 했다.

"그런 상황이었으면 나한테 미리 얘기했어야 하는 거 아니니?"

혜리가 뾰로통한 목소리로 나에게 동의를 구했다. 열흘 남짓 지났어도 그때의 당황스러운 기분이 살아 있는 듯했다. 나는 혜리의 기분을 충분히 이해할 것 같았다. 말없이 혜리의 어깨를 토닥였다. 그럼에도 궁금한 게 있었다.

"갑자기 아빠 집에는 왜 간 거야?"

그것도 나에게는 이모네 간다고, 일을 할 거라고 거짓말까지 해 가면서! 혜리가 몸을 틀어 나를 보았다. 창문 너머로 달빛이 일렁였고 혜리의 눈동자에 그 빛이 닿았다.

"얘기하자면 엄청 긴데 다 들어 줄 수 있어?"

"당연하지. 그래서 쫓아온 건데!"

나는 목소리에 한껏 힘을 넣었다.

"엄마 말에 바락바락 저항해 가면서 달려왔어. 나 집에서 쫓겨날지도 몰라."

나는 일부러 엄살을 부렸다. 완벽하게 혜리 편이라는 걸 온몸으로 알려 주고 싶었다. 혜리가 싱긋 웃었다. 그러고는 미안하다고 했다. 순간 은지의 말이 떠올랐다. 우수가 분명 아니라고 했는데! 나는 얼른 눈을 감았다. 은지의 말은 지워 버릴 거다.

"나는 엄마랑 둘이 사는 거…… 나쁘지 않았어."

혜리가 차분하게 입을 열었다. 나는 말없이 혜리를 바라보았다.

엄마와 함께하는 혜리의 일상은 단조롭지만 편안했고 유쾌했다. 혜리 엄마는 화장품 가게 운영에 열심이었고, 혜리도 화장품에 관심이 많았다. 신제품이 나오면 새로 나온 물건을 함께 테스트했다. 혜리 엄마는 늘 혜리의 의견을 경청했다. 가게에서 손님들에게 혜리 말대로 추천하면 좋아한다며 안목을 칭찬하기도 했다.

"5년 전, 엄마랑 아빠가 헤어질 때 말이야. 내가 아빠가 아닌 엄마를 선택한 것도 후회가 없었어. 가끔은 엄마랑 둘이라서 좋기도 했어."

"알지!"

혜리는 아빠가 없어도 아무런 문제가 없어 보였다. 누구보다도 내가 잘 알고 있는 사실이었다.

"지난 3월 무렵부터 엄마가 좀 달라지기 시작했어……."

혜리의 목소리가 파르르 떨렸다. 물기도 묻어나는 듯했다. 굉장히 힘든 말을 꺼내려는 게 느껴졌다. 혜리의 속을 긁는 것 같아서 나는 가만히 숨을 죽이고 다음 말을 기다렸다.

"하루는 혼자 저녁을 먹을 수 있느냐고 물었어. 당연히 괜찮다 그랬지. 엄마는 전에도 가끔 이웃 가게 사장님들이랑 밥도 먹고 술도 먹고 그랬으니까! 그런데 이번에는 달랐어……."

혜리도 처음 몇 번은 그렇구나 하고 넘겼다. 나랑 어울려 다니느라 엄마와의 저녁 시간을 챙기지 못하기도 했으니까. 그런데 혜리 엄마가 저녁을 먹고 들어오는 날이 자꾸만 늘어났다. 집에 늦게 오는 날도 잦아졌다고 했다.

"5월 초쯤이었나…… 내가 엄마한테 물어봤어. 무슨 일 있냐고."

"그랬더니?"

"아무 일도 없다고 정색했어. 그런데 마침 엄마한테 전화가 걸려 왔는데 휴대 전화 화면에 'YOO'라는 글자가 뜨더라?"

"유?"

"응, 영어로 와이 오 오."

"그게 누군데?"

"궁금하지?"

혜리는 말끝에 피식 웃었다. 약간 어이가 없을 때 터지는 그런 웃음이었다.

혜리 엄마는 화들짝 놀라며 휴대 전화를 집어 방으로 들어갔다. 엄마와 아침 식사를 하던 혜리는 기분이 확 나빠졌다고 했다.

"내 앞에서 통화를 하지 못할 사람이 누가 있다고!"

혜리의 말에 찐득하니 화가 붙었다. 그날, 그때의 감정이 순식간에 살아나는 듯했다. 나는 혜리를 물끄러미 바라보았다. 혜리는 또 말을 이었다.

"내가 토스트에 땅콩버터를 발라서 다 먹도록 엄마가 안 나오는 거야. 그래서 엄마 방 쪽으로 갔는데……."

혜리는 엄마의 웃음소리를 들었다. 함께 아침을 먹던 엄마가 방문을 꼭 닫고 YOO와 통화하며 웃었다.

"엄마가 웃는데 나는 막 화가 나더라. 방문을 발칵 열어 버렸어. 그랬더니……."

혜리 엄마가 화들짝 놀란 얼굴로 혜리를 쳐다보았다. 그러고는 부리나케 전화를 끊었다. 마치 혜리에게 들키면 안 될 무엇인가를 황급히 감추려는 것처럼.

"누구야?"

단단히 화가 치민 혜리는 엄마에게 사나운 투로 물음을 던졌다. 혜리 엄마는 옆에 가게 사장님이라며 어색하게 방을 빠져나가려고 했다.

"옆에 가게 사장님 누구?"

혜리는 근처 가게 사장님 대부분을 알고 있었다. 물론 이름까지는 알지 못하지만 근처에 'YOO'라는 상호는 없었다.

"엄마는 그냥 있다고만 했어. 그러고는 아무 일도 없었던 것처럼 식탁 앞에 앉아 토스트를 집더라고."

혜리는 엄마와의 사이에 비밀은 없다고 생각했다. 그래서 같이 사는 게 마냥 편안했다. 그런데 엄마에게 걸려 온 전화 한 통이 둘 사이에 벽을 만들어 버린 느낌이었다.

혜리는 엄마 앞에 마주 앉아 방금 통화한 사람이 누구냐고 따져 물었다. 그런데 대뜸 엄마가 화를 냈다.

"화를 내셨다고?"

나도 모르게 목소리가 커졌다. 혜리 엄마가 혜리에게 그깟 전화 한 통 때문에 화를 냈다니. 내가 생각해도 이상했다.

"엄마가 나한테 누구랑 통화했는지 꼬치꼬치 다 말해야 하느냐고 따지더니…… 나도 네 남자 친구가 누군지 캐묻지 않잖아! 그러더라……."

혜리는 입을 꾹 다물었다. 어둠 때문에 제대로 보이지는 않아도 나는 혜리의 표정을 알 수 있었다. 눈썹을 잔뜩 찡그린 채 입술을 불뚝 내밀고 손톱을 깨물고 있을 거였다. 마음이 편치 않을 때 혜리는 늘 그랬다.

"그게 무슨 말인지 알겠어?"

혜리가 질문을 던지며 나를 향해 고개를 돌렸다. 나는 입속에 뱅글뱅글 도는 말을 꿀꺽 삼켰다. 혜리가 몸을 똑바로 돌리며 천장을 올려다보았다.

"엄마한테 남자 친구가 생겼다는 거지……."

혜리 입에서 내 생각과 같은 말이 튀어나왔다. 뭐라고 대꾸를 할까 싶었다. 나는 가만히 입술만 오물거렸다.

"지금 생각해 보면 엄마도 남자 친구 사귈 수 있지. 내가 엄마 인생 대신 살아 줄 것도 아니니까. 엄마한테 좋은 사람 생기면 좋을 수 있지. 그런데 말이야! 나는 기억하고 있거든. 엄마랑 아빠가 왜 헤어졌는지…….”

혜리는 이불을 머리끝까지 끌어 올렸다. 이불 사이로 울음이 새어 나왔다.

“야, 고혤……. 그냥 울어.”

“남의 집이잖아, 아저씨 깨면 어떡해…….”

혜리는 숨죽여 울며 집주인 걱정을 했다. 그러고 보니 많이 늦은 시간이었다. 나도 천장을 바라보며 똑바로 누웠다. 혜리에게 이런 일이 벌어지고 있는 줄 몰랐다. 전보다 예민해지고 조금은 까칠해졌다고 느꼈지만, 거기까지였다. 나는 혜리를 살피지 못했다. 오로지 나의 성적에만 신경을 쏟았다. 나에게는 성적이 전부인 것만 같았고, 성적 고민이 없는 혜리가 부럽기까지 했다.

“아빠한테 여자 친구가 생겼을 때 엄마가 그랬거든. 아빠를 용서할 수 없다고. 세상에 믿을 수 없는 게 남자라고. 그래서 너도 알지? 나 남자 친구 생겨도 그냥 살짝만 사귀다 마는 거. 어쩌면 엄마 때문이기도 한데…….”

혜리가 이불을 확 젖혔다. 그새 눈물을 다 삼킨 듯했다.

“엄마는 나한테 들키고 싶었나 봐. 그날 이후로는 대놓고 연애하는 티를 팍팍 냈어.”

혜리 엄마는 늦게 귀가하는 날이 잦아졌고 집에 와서도 YOO와 통화를 하느라 정신이 없었다. 거기에 혜리와 대화가 뚝 끊겼는데도 신경을 쓰지 않았다. 혜리는 화가 나서 미칠 것만 같았다. 엄마한테 그렇게 버림받으리라고는 상상도 하지 못했다. 그래서일까. 무엇을 해도 재미가 없고 짜증이 났다. 잠을 자도 개운하지 않았고 하고 싶은 거나 먹고 싶은 것도 없었다. 특히나 '남자 친구'와 얽히는 건 끔찍하게 싫었다. 혜리는 우수에게 결별을 통보했다. 우수는 아주 잠깐 멈칫했을 뿐 군말 없이 알겠다고 했다. 그 무렵부터 우수도 이상해졌다.

"이상해지다니?"

"몰라."

혜리는 짧게 답했다. 하기야 엄마 때문에 부글부글 속을 끓이고 있던 때였다. 우수에게까지 신경 썼을 것 같지는 않았다.

"결국 엄마가 그 사람을 집으로 데리고 오더라."

방학을 보름 정도 앞둔 시점이었다. 혜리 엄마는 당당하게 YOO와 함께 집으로 왔다. 자기 엄마보다 서너 살쯤 어려 보이는 YOO는 꾸준히 운동을 하면서 관리를 했는지 제법 날렵해 보였다. 하지만 따뜻해 보이는 인상은 아니었다.

"안녕, 딸? 요새 화가 많이 나 있다며?"

그 사람이 혜리에게 건넨 첫인사였다.

"건들거리면서 마치 재미없는 장난감을 구경하는 것처럼!"

그때 혜리는 결심을 했다. 엄마와 헤어지기. 그러려면 혜리의 선택지는 하나였다. 아빠와 함께 살기. 방학을 일주일가량 앞두고 혜리는 아빠에게 전화를 걸었다. 아빠가 굉장히 허둥거리며 전화를 받는 바람에 혜리는 민망했다.

"딸이 아빠한테 5년 만에 전화를 걸었는데 무슨 일 있냐고 묻더라……."

혜리는 아빠에게도 환영받지 못하는 느낌을 강하게 받았다. 하지만 다른 방법이 없었다. 혜리는 아직 홀로 독립할 수 있는 나이가 아니었다. 허울뿐이더라도 보호자가 필요했다.

"저 아빠 집에서 살래요."

혜리는 매우 건조하게 말했다. 아빠는 이유를 물었다. 혜리는 곧장 따졌다.

"딸이 아빠랑 살겠다는데 꼭 이유가 있어야 해요?"

혜리 아빠는 더듬거리며 알겠다고 했다. 순간 혜리는 통쾌했다. 자기밖에 모르는 지극히 이기적인 어른들에게 어퍼컷을 한 대씩 날린 기분이었다. 멋대로 되라는 마음이었다.

"아빠가 나를 반기지는 않았지만, 엄마도 나를 붙잡지 않았어.

그래서 결국 여기까지 내려오게 된 거야."

"그게 끝이야?"

나도 모르게 말투가 사나워졌다. 혜리는 말이 없었다.

"그럼 나하고도 끝내려고 했던 거네?"

다시 세게 물었다. 혜리가 나를 향해 몸을 돌렸다. 그러고는 울먹이며 말했다.

"그게 너무 아팠어……."

혜리는 또 울음을 터뜨렸다. 더는 혜리를 추궁할 수 없었다. 나는 가만가만 혜리의 어깨를 토닥였다. 혼자서 얼마나 고단했을까 싶었다. 진작 말하지. 왜 혼자 끙끙 앓았어. 따지고 싶기도 했다. 하지만 혜리의 울음이 너무나 깊어 보여서 아무 말도 할 수 없었다.

혼자 하는 이별

어둑한 방 안을 채우던 혜리의 울음이 잦아들었다. 몇 시쯤 되었을까. 궁금했지만 상관없었다. 어차피 내일 학원은 갈 수 없었다. 하루의 일탈이 허락된 거였다. 혼자서 이별을 준비했던 혜리 때문에.

"이별은 혼자 하는 게 아니야."

나는 고르고 고른 말을 어렵게 내뱉었다.

"미안……."

혜리가 말했다. 장난기가 쏙 빠진 담백한 사과였다.

'고혜리, 많이 힘들었구나!'

갑자기 맥이 탁 풀렸다. 침묵의 시간이 길어졌다. 일단은 나도 혜리도 자야 할 것 같았다. 살짝 열린 창문 틈으로 한여름의 습한 바람이 들어왔다. 나는 선풍기를 회전으로 맞추고 이불을 턱 밑까지 끌어 올렸다. 이내 혜리의 숨소리가 울렸다. 말을 잇는 속도가 더디다 싶더니 꽤 피곤했던 듯했다. 부산에 와서 열흘 동안 아니 그전부터 긴장하며 살았을 터였다.

나는 곤히 잠든 혜리의 얼굴을 물끄러미 바라보았다. 그러다 불쑥 혜리 엄마도 생각났다. 혜리와 연락이 닿지 않는다며 초점 잃은 눈동자로 부들부들 떨던 혜리 엄마. 지금 곁에 YOO가 있을까. 혜리 엄마는 왜 혜리에게 YOO에 관해서 아무런 귀띔도 하지 않았을까. 왜…….

내가 보기에도 혜리는 엄마와 참 잘 맞았다. 엄마가 아니라 친구라고 해도 믿을 수 있을 만큼 둘은 시시콜콜한 일상을 나누었다. 떨어져 있는 시간에도 서로를 생각하며 소통했다. 혜리 엄마는 우리 엄마처럼 딸을 닦달하지 않았다. 그저 혜리가 하는 것이라면 무엇이든 칭찬하던 사람이었다. 그런데 갑자기 왜 달라졌을까. 도대체 YOO라는 사람이 뭐라고. 혜리를 궁지로 몰아넣은 YOO에게 나도 화가 났다. 집에서 도망치고 싶었던 혜리가 백번 이해되었다. 나는 혜리를 향해 몸을 돌렸다.

'네 편이 되어 줄게. 무슨 일이 있어도.'

같은 말을 속으로 되풀이하는 사이 까무룩 잠이 들었다.

"전윰!"

혜리 목소리가 잠을 깨웠다.

"아주머니가 밥 먹으래."

혜리는 난처한 얼굴이었다. 나도 비슷한 마음이었다. 아무리 아빠 후배라 할지라도 생판 모르는 타인이었다. 그런데 늦은 밤 잠자리도 모자라 아침이라니. 나는 후다닥 자리를 털고 일어나 방을 나섰다.

"식탁 위에 밥상 차려 놓았어."

거실에서 여자아이의 머리를 빗겨 주던 아주머니가 부엌을 가리켰다.

"누구야, 엄마?"

아주머니의 손에 잡혀 있는 아이가 우리를 빤히 쳐다보며 물었다. 우리가 머물렀던 방의 주인이었다. 아주머니는 어물쩍 답을 흘리며 아이의 머리를 양 갈래로 묶었다. 곧 유치원에 가야 할 모양이었다.

"이거 선물."

혜리가 방에서 머리끈 두 개를 꺼내 와 아이에게 내밀었다. 자잘한 꽃무늬가 있는 짙은 군청색과 보라색 머리끈은 아이와 딱히 어울릴 것 같지 않았다. 그래도 아이는 함박웃음을 지으며 혜리의 선물을 받았다.

"아이 데리고 나갔다가 올 거니까 편하게 먹고 있어."

아주머니가 아이의 손을 잡고 집을 빠져나갔다. 주인 없는 낯선 집 부엌에 혜리와 둘이 마주 앉았다. 식탁에는 김치찌개와 계란말이, 멸치볶음이 정갈하게 차려져 있었다.

"맛있겠다!"

혜리 얼굴이 환했다. 곤란해하던 얼굴은 말끔히 사라졌다.

아침을 먹고, 혜리가 설거지를 시작했다. 나는 방으로 들어와 이불을 정리하고 휴대 전화를 열었다. 메시지 알람이 계속 들어왔다. 엄마였다.

— 여기에서 아침 차려 줘서 잘 먹었어요.

엄마에게 최대한 공손하게 답을 보냈다.

— 언제 올 거야?

엄마가 물음표를 던졌다.

— 혜리랑 이야기 좀 하고.

나는 엄마에게 솔직하게 답했다. 왠지 그러고 싶었다. 득달같이 연락하던 엄마가 잠잠했다. 그러는 새 설거지를 마친 혜리가 방으로 들어왔다. 혜리도 나처럼 휴대 전화를 슬쩍 들여다보았다. 그러고는 가방 안에 휙 집어넣었다.

"내가 보낸 메시지도 그렇게 무시해 버렸지?"

나는 혜리에게 서운한 마음을 내비쳤다. 혜리는 싱긋 웃었다. 방문 밖에서 도어록 여는 소리가 들렸다. 아주머니가 들어오는 모양이었다. 우리는 잽싸게 방에서 나갔다.

"아유, 뭘 설거지까지 했어?"

아주머니가 부엌을 들여다보고는 활짝 웃었다.

"맛있게 잘 먹었습니다!"

혜리는 싹싹하게 인사를 건넸다.

"다행이네. 뭐 마실 것 좀 줄까?"

아주머니가 다정하게 물었다.

"저희는 이제 가 볼게요."

혜리가 나를 슬쩍 돌아보고는 아주머니에게 말했다. 나도 혜리랑 같은 생각을 하던 참이었다.

"어디 갈 건지 결정은 했어?"

아주머니는 우리에게 부산에서 가장 유명하다는 카페 몇 군데를 알려 줬다.

"갈 데 없으면 다시 와. 예서도 좋아하더라."

방 주인이 예서인 모양이었다. 잠깐이었지만 나도 예서의 함박웃음이 참 좋았다. 집을 나서며 친절한 아저씨와 아주머니가 예서와 함께 오래오래 행복하기를 바랐다. 서로서로 욕심부리지 말고, 종알종알 이야기도 많이 나누어 가면서.

우리는 지하철을 타고 아주머니가 말한 국제시장 근처의 카페로 향했다. 아직은 이른 시간이어서인지 사람은 많지 않았다. 식물이 심어진 커다란 화분이 즐비한 카페 창가에 우리는 마주 앉았다.

"이모네는 뭐야?"

나는 자리에 앉기가 무섭게 물음을 던졌다. 혜리는 슬쩍 미소를 짓더니 짧게 말했다.

"이별 연습."

"그게 뭐야?"

얼굴이 절로 일그러졌다.

"뭔가 바쁘고 정신없다고 보일 만한 알리바이가 필요했어. 마침 양양에 사는 엄마 친구가 떠올랐고. 그 이모가 서핑 보드 대여점을 하는데 엄청 바쁘다 했거든."

"일하느라 바쁘다 핑계 대면서 나랑 연락을 끊을 참이었다는 거야?"

화가 나서 말이 거칠게 나갔다. 혜리가 두 손을 모아 살살 빌었다. 잘못했으니 용서해 달라고도 했다. 나는 어이가 없어 고개만 절레절레 저었다.

"나한테 보낸 사진은?"

"그런 사진은 인터넷에 널리고 널린 거고……."

어쩐지 혜리 얼굴이 한 번도 등장하지 않았다. 그때 더 진지하게 의심했어야 했다.

"진짜 나는 그런 줄도 모르고……."

혜리의 말을 곧이곧대로 믿었다. 이런 바보 멍청이! 스스로가 한심했다.

"고마워, 역시 전윤은 좋은 친구야!"

혜리가 해맑게 웃었다. 마침 주문한 음료가 나왔다. 혜리는 음료 색깔이 너무 예쁘다며 곧장 휴대 전화를 꺼냈다. 음료수 두 잔을 이리저리 옮겨 가며 사진을 찍는 모습이 내 친구, 혜리 그대로였다. 갑자기 코끝이 찡했다. 나는 얼른 내 음료수를 끌어와 빨대를 꽂았다. 쭈릅. 자몽허니티는 달콤하고 시원했다.

"아빠 집에서 이틀을 보냈는데, 아빠도 아빠 새 부인도 제대로 보지 못했어. 동생 때문에 정신이 하나도 없더라고……."

혜리가 음료수를 한 모금 마시고는 입을 열었다.

"사흘째 되는 날, 동생이라는 아이가 왔어."

지난밤, 혜리가 보여 줬던 남자아이가 떠올랐다. 사흘째 되는 날 만났으면 길어야 나흘쯤 보았을까. 그런데도 혜리의 휴대 전화에는 남자아이 사진이 꽤 많았다. 그만큼 아이는 붙임성이 있었을 테고 혜리는 아이가 싫지 않았던 거였다.

“다섯 살이래!”

혜리는 말을 뱉고 피식 웃었다. 5년 전 헤어진 아빠와 똑닮은 다섯 살짜리 동생. 마음이 마냥 가벼워지지는 않았다.

“몸이 아파서 병원 생활을 오래 해서 그런가, 애가 순하고 착해 빠졌더라고. 욕심도 없고. 나한테도 ‘누나, 누나!’ 하면서 어찌나 잘 따라붙던지…….”

역시 내 예상이 맞았다. 그런데 혜리는 왜 아빠 집을 빠져나온 걸까. 궁금했다.

“아빠는 병원비 마련하느라 야근이며 당직이며 쉬지 않고 일을 하고, 동생의 엄마는 동생 살피느라 정신없고…….”

혜리가 나의 궁금증을 단번에 풀어 주었다. 쫓겨난 건 아니었다. 혜리가 자기 발로 성큼성큼 아빠네 집을 떨치고 나선 거였다. 그렇다면 그냥 엄마네 집으로 오면 되지. 머릿속에서 생각이 복잡하게 엉켰는데 휴대 전화에 알람이 울렸다.

— 혜리는 만났어?

우수였다. 아, 우수가 혜리를 걱정하고 있었다. 심지어 어제 부산으로 같이 가겠다고 했었는데! 혜리한테 물어보고 대답을 할 참이었다. 하지만 지금은 그럴 때가 아니었다. 혜리는 사뭇 심각했다.

— 얘기 중이야.

— 다행이다.

우수와 짧게 메시지를 주고받는데 혜리가 누구냐고 물었다.

"우수."

"이우수?"

혜리 목소리가 반짝 튀어 올랐다.

"너 우수랑 친했어?"

혜리가 의외라는 듯 머리를 갸우뚱거렸다.

"너 때문이잖아!"

나는 입을 삐죽이며 휴대 전화를 혜리 앞으로 내밀었다. 혜리는 내가 우수와 나눈 문자 메시지를 쭉 훑었다. 그러고는 고개가 뒤로 넘어가게 웃었다.

"얘 놀고 싶은가 보네."

혜리가 가볍게 말했다. 그러고는 문자 메시지를 들여다보면서 작게 덧붙였다.

"학원 안 가나……."

"응, 얘 학원 안 가!"

나는 혜리의 자그마한 궁금증을 풀어 줬다. 혜리가 놀란 듯 두 눈을 휘둥그레 떴다.

"아르바이트한다고."

"갑자기?"

혜리가 눈썹을 찌푸리며 관심을 보였다.

"나도 잘 모르겠어. 전산고 지원한다는 말도 있고……."

"아, 맞다! 그렇다고 했지?"

이제야 혜리가 내 말에 귀를 기울였다. 혜리가 눈을 크게 뜨고 물었다.

"갑자기 왜 그런데?"

"나도 모르지!"

여태껏 혜리에게 일어난 일도 모르고 지낸 나였다. 내가 우수의 일까지 알 리가 없었다.

"오라고 해 봐."

혜리의 얼굴에 호기심이 번졌다.

"얘 지금 아르바이트하고 있을 텐데……."

나는 우물거리며 우수에게 메시지를 보냈다. 우수의 답은 잠시 뒤에 왔다.

— 알바 일찍 끝내고 갈게. 4시까지는 도착할 것 같아.

우수는 꽤 적극적이었다. 나는 우수의 답을 혜리에게 보여 줬다. 혜리는 생긋 웃으며 입을 열었다.

"4시까지 뭐 하고 있을까?"

씩씩하고 당당한, 내 친구 혜리의 모습이 살아났다.

우수의 여름나기

혜리와 팔짱을 끼고 국제시장을 지나 책방골목을 훑었다.

"야, 너 이 책 알아?"

혜리가 그림책 한 권을 들었다. 다른 생쥐들은 일하느라 정신없이 바쁜데 혼자서 햇살과 이야기를 모은다며 딴짓하던 회색빛 생쥐 이야기 책이었다. 지금, 외딴 도시에서 낯선 골목을 헤매고 있는 우리가 딱 그 회색빛 생쥐 같았다. 나는 후딱 혜리에게 다가갔다.

"알지! 유치원 다닐 때 매일 들고 다니던 책인데!"

"우리 집에도 어딘가에 있을 텐데!"

우리는 익숙한 그림책 몇 권과 만화책을 집어 책방에 딸린카페에 자리를 잡았다. 모처럼의 여유로운 시간에 마음이 한없이 부드러워졌다.

"학원 빠지니까 좋아?"

혜리가 만화책을 읽다가 물었다. 얼굴에는 웃음기가 가득했다.

"당연하지!"

나도 모르게 얼굴이 팍 일그러졌다. 집에 가면 또 학원에 가야 했다. 푸우. 한숨이 나왔다.

"그렇게 싫으면 다니지 않겠다고 말해 봐."

"흠……."

나는 아랫입술을 잘근 씹었다. 만약에 학원에 다니지 않는다면 나는 무얼 하며 방학을 보낼까? 중학교 3학년이 방학을 효과적으로 보낼 또 다른 방법이 있을까? 갑자기 생각이 나에게로 흘렀다. 내 안에 고민이 한여름처럼 뜨겁게 담겼다. 어쩔 수 없는 것도 같았다. 아직 나에게 정해진 길은 없었다.

"넌 어떻게 할 거야?"

반대로 혜리에게 질문을 던졌다. 혜리의 눈이 허공을 향했다. 나만큼이나 복잡한 얼굴이었다.

"너희 엄마가 걱정 많이 해."

나는 어제 혜리 엄마와 만났던 일을 털어놓았다.

"울 엄마가 화장품 가게도 나가지 않았다고?"

혜리는 엄마가 유난이라는 듯 고개를 절레절레 저었다. 그러고는 턱을 괴고 책상을 내려다보았다. 혜리도 고민에 갇힌 듯 보였다. 나는 가만히 혜리를 바라보았다. 가끔은 자기만의 시간이 필요할 듯했다. 하지만 그 시간이 길어지면 안 될 거였다. 충격 요법이 필요했다. 나는 은지가 내뱉은 터무니없는 말을 혜리에게 전했다.

"야! 그게 말이 돼?"

혜리가 빽 소리를 질렀다. 그럴 만했다.

"네가 가서 오은지 좀 혼내 줘."

나는 히죽히죽 웃으며 혜리에게 말했다.

"지금 나한테 학원 오라고 꼬시는 거야?"

혜리가 눈을 갸름하게 뜨고 나를 흘겼다.

킥킥, 나는 말없이 웃기만 했다.

"일단 엄마한테는 가야지. 근데 학원은 모르겠다. 수학 정도만 다닐까 싶기도 하고……."

"오, 수학이라도 같이 다니자, 고혤!"

"많이 외로운가 보다?"

혜리가 배시시 웃었다. 그러고는 유쾌하게 "콜!" 하고 외쳤다. 후유. 마음이 놓였다. 이제 혜리와의 이별 따위 걱정 없다.

"그나저나 오은지, 이거 가만히 안 둘 거야!"

혜리가 입을 앙다물며 주먹을 불끈 쥐었다. 은근슬쩍 은지가 걱정되었다. 혜리는 마음먹으면 반드시 행동으로 옮기는 아이니까. 나는 혜리의 주먹을 손끝으로 살살 두드렸다. 조금 진정할 필요는 있어 보였다. 혜리는 피식 웃으며 자리에서 일어났다. 나도 배가 고팠다.

햄버거로 점심을 때우고, 혜리는 자기 아빠에게 전화를 걸었다. 그리고 엄마에게 가겠다고 했다. 휴대 전화 너머에서 혜리 아빠가 머뭇거리는 게 고스란히 느껴졌다.

"아빠는 성진이 잘 키우세요. 나중에 성진이 보러 올게요."

혜리 목소리는 다정했다. 다행이었다.

"야, 엄마한테는 연락 안 해?"

"좀 이따가!"

혜리는 매몰차게 휴대 전화를 가방에 넣었다. 아직 엄마에 대한 마음은 정리가 덜 된 듯했다. 아니 'YOO'에 대한 혜리의 마음이 혼란스러운 것도 같았다. 나는 독촉하지 않기로 했다. 어차피 혜리 스스로 풀어야 할 문제였다. 나는 혜리 옆자리만 단단히 지키면 될 일이었다.

어느새 4시가 되어 갔다. 우리는 지하철을 타고, 부산역으로 이동했다. 역 안에서 우리는 종알종알 떠들었다. 지난 열흘 치 수다가 한꺼번에 터졌다. 그러면서도 힐끔힐끔 기차를 확인했다. 4시 도착을 알리는 표시가 떴다. 잠시 뒤 우수가 두리번거리며 승강장에 나타났다.

"진짜로 왔네?"

혜리가 우수를 반겼다. 우수는 부끄러운 듯 고개를 숙이더니 가방에서 막대 사탕과 초콜릿을 꺼냈다. 초콜릿은 혜리가 좋아하는 간식이었다.

"내 것도 챙기다니, 제법인데?"

나는 막대 사탕을 입안에 넣으며 씩 웃어 보였다. 혜리도 초콜릿 조각을 입안에서 녹이며 살짝 웃었다. 덩달아 우수 얼굴도 환해졌다.

"알바는 어떻게 하고 여기까지 온 거야?"

역을 나서며 내가 우수에게 물었다. 우수는 상부상조라고 했다.

"어제 내가 늦게까지 편의점 봐 드렸잖아."

맞다. 덕분에 나는 우수를 만났고, 우수에게 혜리 이야기를 전할 수 있었다.

"갑자기 알바는 왜 하는 거야?"

이번에는 혜리가 물었다. 약간은 걱정이 어린 목소리였다. 우수가 힐끔 나를 살폈다. 나에게는 사회 경험 어쩌고 그런 말을 했었다. 그런데 그게 전부가 아닌 듯했다. 물론 나도 그럴 거라고 생각은 했다.

"더운데 카페 가자!"

나는 아이들을 이끌고 역 앞에 있는 카페로 들어갔다. 커피 셰이크와 수박주스를 시키고 동그란 탁자 앞에 마주 앉았다. 냉기가 쏟아지는 카페 안은 시원했다. 끈끈했던 기운이 싹 달아났다.

"우리 아빠 지금 구치소에 계셔."

수박주스를 쪼르르 마시고, 우수가 말했다. 나는 입을 쩍 벌린 채 혜리를 보았다. 혜리도 두 눈을 크게 뜨고 눈썹을 찡그렸다.

"야, 그게 무슨 소리야?"

혜리가 우수의 팔을 툭 쳤다. 얼굴에는 걱정과 염려가 가득했다. 우수가 맥없이 웃으며 다시 수박주스를 마셨다. 아무래도 쉽게 내뱉기 어려운 말인 듯했다. 그런 줄도 모르고, 나는 우수에게 말도 안 되는 소리를 전했다. 혜리의 사정을 알려 우수에게 걱정을 안겼다. 사과해야 하나 싶었다. 하지만 몰랐는걸. 우수는 나에게 아무 일도 없는 척 가면을 썼었다.

“우리 아빠는 대형 화물차 기사거든. 아빠 소유의 화물차도 있고 운송비도 쏠쏠한 편이라 괜찮았는데…….”

혜리와 사귀기 시작한 지 한 달쯤 되었을 때였다. 우수의 아빠가 두 손으로 머리를 감싸 쥐고 눈물을 뚝뚝 흘렸다. 아빠의 입에서 친구, 보증, 사기 등의 단어가 띄엄띄엄 이어졌다. 우수의 아빠가 나름 친하다고 믿었던 사람에게 사기를 당해서 매우 큰 돈을 갚아야 하는 상황에 몰렸다고 했다.

“진짜 뭘 어떻게 해야 할지 모르겠어…….”

우수 아빠는 한탄 섞인 말을 뱉으며 꺽꺽거렸고, 우수 엄마는 빨리 정신 차리고 수습을 하자고 나섰다.

“아빠 화물차를 다른 사람한테 넘겼어! 집도 급하게 팔아서 조그만 집으로 옮겼는데도 해결이 안 됐대. 그래서 아빠가 구치소에서 석 달을 살면서 남은 돈을 변제받기로 했어. 엄마는 지금 밤낮없이 일자리를 찾아다니시고…….”

“야, 그런 일이 있었으면 말을 했어야지!”

혜리가 기가 막힌다는 얼굴로 우수를 살폈다. 우수는 멋쩍은 표정을 지었다.

“너한테 말한다고 해결이 돼?”

우수의 말은 맞았다. 지금 우수에게 벌어진 일은 우리가 나서서 함께 풀 수 있는 성질의 것이 아니었다. 적어도 내 생각에는 그랬다.

"그래도 그런 줄 알았으면……."

혜리가 우물거리더니 힐끔 나를 쳐다보았다. 그러고는 우수에게 말을 이었다.

"너한테 헤어지자는 소리는 안 했을 거야."

"아니야. 네가 헤어지자 해서 다행이었어. 그때 나도 너무 정신이 없었어. 그리고 학교에서는 내 형편을 들키고 싶지 않았거든."

그런 마음을 우수는 지금 마음껏 열어 보였다. 갑자기 왜 그러나 싶었다. 혜리 때문일까? 아직 혜리에게 마음이 남아서? 나는 우수의 얼굴을 찬찬히 뜯어보았다. 그러다가 가볍게 물었다.

"그래서 아르바이트도 하고, 전산고도 지원하겠다는 거야?"

우수도 내 질문만큼이나 가볍게 고개를 끄덕였다. 하지만 표정은 가볍지 않았다. 우수가 진심으로 원해서 결정하고 행동하는 일들이 아닌 것 같았다. 필요에 의해서 하고 있는 일들이랄까. 어쩌면 내가 엄마에 밀려 억지로 학원을 다니는 것과 비슷한 그런 일. 아니다. 우수는 경제 활동을 하고 있다. 그것에 비하면 내 상황은 어린아이의 투정과 같은 거다. 나는 입을 꾹 다물었다. 그런데 우수가 입을 열었다.

"어제 유미한테서 혜리가 사라졌다는 말을 들었어. 갑자기 심장이 저릿한 느낌이 드는 거야. 뭐지? 사라지고 싶은 사람은 난데 왜 혜리가 사라졌지? 그런 느낌이랄까."

나는 물끄러미 우수를 쳐다보았다. 혜리가 사라졌다고 하자 화들짝 놀라던 우수가 떠올랐다. 그리고 혜리를 만나겠다며 이곳까지 선뜻 내려온 것도 그렇고. 우수는 아직 혜리를 좋아하는 듯했다. 피식, 웃음이 났다. 우수가 힘겨웠던 마음속을 드러내고 있는 이 순간에 말이다.

"전윰, 뭐야. 왜 웃어?"

혜리는 내 웃음을 놓치지 않았다. 나는 홰홰 고개를 저었다. 그리고 나직하게 말했다.

"다들 마음고생이 참 많았네."

"전윰, 너 갑자기 할머니처럼 왜 그래?"

혜리가 키득거렸다.

"또, 또, 할머니래. 내가 그렇게 할머니 같아?"

"왜에? 난 할머니 좋아!"

혜리가 팔짱을 끼고 머리를 흔들었다. 마음이 한결 가벼워진 것 같았다. 나도 장난스럽게 혜리를 쳐다보며 웃었다. 그리고 말을 이었다.

"나만 험난한 중딩 시절을 보내고 있는 줄 알았거든."

"너만?"

혜리와 우수가 목청을 높였다. 그러고는 말도 안 된다는 듯 절레절레 고개를 저었다. 나는 둘을 향해 두 손을 번쩍 들었다. 내가 졌다. 혜리나 우수에 비하면 내 고민은 그냥 땡볕이 내리쬐는 정도의 여름이랄까.

"혜리 너한테는 무슨 일이 있었던 거야?"

우수가 물었다. 혜리가 살짝 멈칫하더니 어젯밤, 나에게 전했던 이야기를 풀어놓았다.

나는 멀거니 창밖을 내다보았다. 저녁 6시가 다 되도록 밖이 환했다. 우리 앞에 놓인 시간처럼 여름 해는 길었다.

"우리, 바다 보러 가자!"

혜리의 말이 끝나자마자 나는 큰 소리로 말했다. 둘은 기다렸다는 듯 가방을 잡았다. 부산역에서 바다가 있는 곳까지는 지하철과 버스로 이동이 가능했다. 어른들의 도움이나 간섭 없이 일정을 잡고, 교통수단을 결정했다. 아주 간단하고 가벼운 일임에도 우리가 결정하고 행동할 수 있다는 게 좋았다. 그만큼 우리의 마음이 넓어진 것 같았다.

너와 나의 한여름

바다에는 사람으로 가득했다.

"휴가철이구나!"

사람들을 내다보며 혜리가 말했다.

"이왕이면 휴가철 피해서 오지."

우수가 타박인 듯 아닌 듯 애매하게 말을 붙였다. 혜리는 슬쩍 우수를 흘겼다. 둘의 눈빛은 여전히 달달했다. 헤어졌다가 다시 만난 연인. 딱 그 모습이었다.

"야, 내가 빠져 줄까?"

보다 못해 내가 한마디를 던졌다. 혜리가 그게 무슨 소리냐며 내 팔을 잡았다.

"야, 더워, 더워."

나는 혜리의 손등을 툭툭 두드리며 도리질을 했다. 옆에서 우수는 우리를 쳐다보며 어른처럼 웃었다.

사람들을 피해 분식점으로 들어가 즉석 떡볶이를 시켰다. 분식점 사장님은 탄산음료 두 캔을 서비스로 줬다. 그러고 보니 뜨거운 여름에 즉석 떡볶이는 탁월한 선택이 아니었다. 지글지글 끓어오르는 떡볶이를 뒤적이며 샘물처럼 솟아나는 땀을 닦느라 애를 먹었다.

우리는 분식점 바로 옆에 있는 카페로 이동했다. 그리고 큼지막한 빙수 하나를 놓고 둘러앉았다. 가까이에 바다가 보였고 사람들은 여전히 떼 지어 다니며 바다를 즐겼다.

휴대 전화에 알람이 울렸다. 오후로 접어들면서 벌써 수십 번째 울리는 알람이었다.

"해 지는 것만 보고 가자."

혜리가 빙수를 입에 넣으며 말했다. 나는 멀거니 혜리를 보았다. 혜리가 혜리 엄마에게는 언제쯤 연락을 하려나 궁금했다. 하지만 딱 꼬집어 물을 수는 없었다. 그건 혜리 마음이었다.

"어머니 만나면 이야기를 잘 나눠 봐. 우리한테 그런 것처럼."

내 마음을 읽기라도 한 것처럼 우수가 나섰다. 나는 얼른 혜리를 보았다. 혜리는 창밖을 응시하고 있었다. 눈길 끝에 까르르 웃음을 터뜨리는 아이들이 보였다. 그러고 보니 혜리는 아이들을 참 좋아하는 것 같았다. 5년 넘게 친구로 지내면서도 몰랐다. 나는 혼자서 피식 웃었다. 혜리와 우수의 눈길이 동시에 나에게 닿았다.

"사람이 사람을 다 알 수 있을까?"

둘에게 질문을 던졌다. 둘은 그게 무슨 소리냐 묻는 표정이었다.

"나는 엄마가 나한테 공부, 공부, 성적, 성적 하는 게 끔찍하게 싫거든. 그런데 정작 엄마가 왜 그렇게 내 공부와 성적에 집착하는지 물어본 적이 없어."

"너희 엄마가 그러는 이유가 있을 거야."

혜리가 내 말을 받았다.

"너희 엄마도 너에게 남자 친구를 비밀로 한 이유가 있겠네."

우수가 혜리의 말을 받았다.

"넌 엄마한테 비밀이 없어서 좋겠다."

혜리가 입을 삐죽이며 말했다.

"아직 우리 부모님은 내가 전산고에 진학하려는 거 몰라."

우수는 곧장 머리를 흔들었다.

"부모님이 반대하시면 어떻게 할 거야?"

문득 나는 궁금했다. 우수는 부모님과 공부, 성적, 진학 같은 문제를 어떻게 풀까.

"설득해 봐야지."

우수의 목소리에 기운이 뚝 떨어졌다.

"꼭 전산고에 가서 바로 취업을 해야 해?"

이번에는 혜리가 물었다. 나도 허리를 곧추세우고 우수에게 집중했다. 우수는 입을 오물거리며 잠자코 있었다. 혜리의 질문이 고민스러운 모양이었다.

"너, 건축 공부 하고 싶어 했잖아."

혜리가 말했고, 우수는 그걸 기억하느냐며 배시시 웃었다.

"하고 싶은 게 있는데, 모르는 척 아닌 척 다른 길로 가는 건 비겁한 것 같아."

혜리의 목소리는 단단했다. 우수에게 힘이 될 것만 같았다. 나는 가만히 우수를 바라보았다.

"그런가……."

우수는 갸웃거리며 입술을 오물거렸다. 그래도 다행이었다. 우수가 혜리의 말을 신중하게 생각하는 것 같아서. 나는 우수와 속 깊은 이야기를 나누는 사이는 아니지만, 친구로서 조언을 한다면 우수가 주어진 환경에 조금 무뎠으면 싶었다. 우리에게는 더듬으며 찾아가야 할 길이 많이 남았으니까. 너무 일찍 포기하지 않았으면 싶었다. 나는 내 마음을 우수에게 전하지 않았다. 굳이 내가 말을 얹지 않아도 충분히 우수는 깊게 고민할 거고, 탁월한 선택을 해낼 거였다. 우수는 그런 아이니까.

"무슨 생각을 그렇게 해?"

혜리가 내 앞으로 휴대 전화를 내밀었다. 엄마가 기어이 전화를 걸어 왔다.

"유미야!"

전화를 받자마자 엄마는 내 이름을 불렀다. 그러고는 말을 잇지 않았다. 덜컥 미안함이 스쳤다. 엄마를 괴롭히려던 건 아니었는데 엄마는 지금 힘겨워하는 듯싶었다.

"엄마! 미안해요."

나는 대뜸 사과했다. 그리고 자리를 옮기려는데 혜리가 나를 잡더니 고개를 끄덕였다. 옆에서 통화해도 괜찮다는 것 같았다. 아니 그러기를 바라는 것도 같았다. 우리는 서로의 속을 마음껏 내보인 사이였다.

"혜리 만나서 이야기 나눴고, 올라갈 건데요. 이왕 온 김에 해지는 건 보고 싶어서…….”

내 마음을 솔직하게 엄마에게 비쳤다.

“몇 시 기차로 올라올 거야? 엄마가 표 끊어 줘?”

엄마 목소리가 나긋했다. 기껏해야 하루도 안 된 시간인데 나를 오래도록 기다린 사람 같았다. 나는 엄마에게 9시쯤 부산에서 출발하는 표 세 장을 끊어 달라고 했다. 엄마는 우수도 함께 있다는 사실을 알고는 어이가 없는 듯 허허 웃었다.

“그러는 시간도 있어야지. 이해할게.”

이쯤 이야기하면 그 뒤에 “대신!”이라는 말이 붙어야 하는데 엄마는 말을 꿀꺽 삼켰다. 아빠랑 무언가 이야기를 나눈 것 같았다. 아니면 내가 없는 동안 엄마 혼자서 나에 대해 많은 생각을 했거나.

“학원은 다녀 볼 거예요. 아직 내가 뭘 하고 싶은지 못 정했으니까.”

아이들이랑 이야기를 나누면서 내 마음속에서 꿈틀거리던 생각이었다. 엄마가 잘 생각했다며 반색했다. 학원에 다니겠다는 말이 엄마 마음을 이렇게 들뜨게 한다는 게 새삼스러웠다. 엄마에게 나의 성적은 여전히 꿈이고 희망인 듯했다. 물론 그것이 내 꿈인지는 여전히 모르겠지만 말이다. 아니다. 나의 꿈은 학원이

나 성적에 있지 않다. 그건 확실하다. 다만 아직 길을 모르겠으니 준비를 해야지 하고 생각한 것뿐이다. 엄마는 우리가 도착할 시간에 맞춰 기차역에서 기다리겠다고 했다.

"넌 엄마한테 연락 안 해?"

나는 전화를 끊고, 혜리에게 물었다. 그제야 혜리는 가방에 넣어 두었던 휴대 전화를 꺼냈다.

"우리 엄마 구구절절 드라마 찍고 있는데, 어쩌면 좋아."

혜리가 휴대 전화를 탁자 가운데 내려놓으며 말했다. 나와 우수는 동시에 얼굴을 쭉 내밀어 혜리의 휴대 전화를 보았다.

— 아빠네 사정이 그렇게 어려워졌는지 몰랐어. 미안해.

— 아빠 때문에 상처받은 너에게 똑같은 상처를 줄까 봐 겁이 났어.

— 네가 헤어지라고 하면 헤어질게. 엄마가 잘못했어.

"넌 진짜로 너희 엄마랑 그 아저씨가 헤어졌으면 좋겠어?"

우수가 혜리에게 물었다. 혜리는 빤히 우수를 쳐다보았다. 우수가 말을 이었다.

"난 너랑 사귈 때 굉장히 든든했어. 누군가가 나를 좋아해 주고 마음을 함께 나눌 수 있다는 게……."

"야, 너 왜 이래?"

혜리가 소름이 돋는다는 듯 양팔을 문질렀다. 치, 그래도 표정은 숨길 수 없었다. 혜리는 우수의 말이 마음에 드는 모양이었다.

"닭살이었냐?"

우수도 민망한지 뒷머리를 긁었다. 둘이 사귈 때 어떤 풍경이었을지 뻔히 그려졌다. 서로 마음도 제대로 나누지 못하고 속앓이만 하고 있었을 거다.

'이런 애들을 두고 그런 엉뚱한 소문을…….'

나는 또 은지가 떠올라서 고개를 홰홰 저었다. 학원에 가면 곧장 은지부터 만나야겠다. 그래서 말도 안 되는 헛소문 그만 퍼뜨리라고 따끔하게 말해야지. 할 일이 생겼으니 얼른 학원에 가야 할 것 같았다.

혜리가 휴대 전화를 잡았다. 이내 신호가 가는가 싶더니 곧장 말을 뱉었다.

"엄마, YOO 말이야. 제대로 한번 초대해요."

혜리의 휴대 전화 너머에서 웃음소리가 터졌다. 갑자기 그게 무슨 소리냐 묻는 것도 같았다.

"그냥 한번 만나 보게."

혜리의 눈이 우수에게로 향했다. 우수는 빈 팥빙수 그릇과 숟가락을 정리했다. 슬슬 자리에서 일어나야 할 것 같았다.

바닷가에 주홍빛 태양이 내려앉기 시작했다. 이리저리 뛰어다니며 깔깔거리던 사람들도 한결 차분해진 모습으로 바닷가 구석구석에 엉덩이를 붙였다. 우리는 자석에 이끌리듯 바다 가까이 나갔다. 파도가 밀려왔다가 쓸린 지점에 누군가가 쌓아 놓은 모래성이 보였다.

"잘 쌓았다!"

우수가 탄성을 질렀다.

"여기 부서졌는데?"

혜리가 모래성 앞에 쪼그려 앉더니 모래를 끌어왔다. 보수 공사를 하려는 듯 보였다.

나는 바다를 마주 보고 앉았다. 그리고 천천히 모래밭을 파내기 시작했다.

"뭐 하려고?"

"새로 쌓게. 내 모래성."

"오, 나도!"

우수가 내 옆에 자리를 잡았다. 혜리도 질 수 없다는 듯 우리 둘 사이로 끼어들었다.

하나 둘 셋, 숫자를 헤아리며 맞춘 것처럼 모래밭에 웅덩이 세 개가 파였다. 그 옆으로는 그럴싸해 보이는 모래성이 생겼다. 우리가 만든 모래성은 각자 퍼 올린 웅덩이의 깊이에 따라 두께도 높이도 조금씩 달랐다. 같은 모래밭에서 동시에 만들었는데도 말이다.

"으앗!"

파도가 밀려왔다. 비명을 지르며 파도를 피해 모래사장 위를 달렸다. 우리 꽁무니를 졸졸졸 따라오던 파도가 뒷걸음질하며 물러났다. 우리는 까르르거리며 모래성으로 다가갔다.

"이게 뭐야!"

파도의 공격에 모래성은 처참하게 무너져 있었다. 우리는 무너진 모래성을 보며 다시 한번 웃었다.

"조금 더 시간이 있었으면 잘 만들었을 텐데!"

우수의 말에 나는 고개를 주억거렸다. 무엇이든 다 그럴 거였다. 조바심을 내지 않고 시간을 들이면 잘할 수 있다.

"우리 앞으로는 시간을 더 들이도록 하자!"

혜리가 우수의 말을 받으며 활짝 웃었다. 우수도 혜리를 쳐다보며 비슷한 표정을 지었다. 둘이 너무 잘 맞아서 살짝 소외감이 생기려 했다. 나는 입을 삐죽 내밀며 내가 만든 모래성을 내려다보았다. 순간 내 웅덩이에 가득한 바닷물이 보였다. 바닷물 위로는 한여름 태양을 가린 구름이 비쳤다.

"뭘 그렇게 봐?"

"내 웅덩이."

나는 웅덩이에서 눈을 떼지 않았다. 혜리도 자기 웅덩이 앞에 우뚝 섰다. 우수도 자기 웅덩이를 빤히 내려다보았다. 서로 다른 웅덩이에 여름을 집어삼킨 바닷물이 담겼다. 어쩌면 세상 다 꺼질 것처럼 심각하고 중대한 우리들, 각자의 문제도 웅덩이에 담긴 바닷물 같을 거였다. 각자가 퍼낼 수 있을 만큼 아니면 비껴갈 만큼 딱 그만큼의 웅덩이일 거였다.

작가의 말

볕이 뜨겁습니다. 이제 진짜 여름입니다.

여름이면 머릿속은 어지러워집니다. 뜨거운 열기가 온몸을 마비시킨 듯 움직임도 더디어지고 머릿속도 회전이 느려집니다. 가끔씩은 말이 헛나갈 때가 있고요, 터무니없이 신경질이 나거나 짜증이 잦아지기도 합니다. 그만큼 여름은 예민해지는 계절 같습니다. 스스로를 조절하기조차 어려운 계절. 그래서 타인을 향한 관심도 현저하게 줄어드는 계절. 지독하게 자기 안에 갇히는 계절이지만 숨 막히는 더위 때문에 자기를 들여다볼 엄두가 나지 않는 계절. 그래서 여름은 조금 가혹한 것도 같습니다.

인생을 계절에 비유한다면, 청소년기부터 청년기까지는 여름이 아닐까 생각합니다. 지독하게 고민이 많아져서 머릿속은 어지럽지만 쉽사리 발을 내디뎌 행동하기 어려운 계절이니까요. 그래서 뜨거운 한여름을 지나고 있는 여러분에게 지독한 여름에 꺾이지 말고 끝까지 버티어 이겨내라고 감히 말하고 싶습니다.

산다는 것은 어쩌면 끊임없이 주어지는 숙제를 하나씩 해결해 가는 과정이 아닐까 싶습니다. 갓 태어난 아기들은 배가 고플 때 울까 말까, 아마도 고민할 거예요. 말이 통하지 않아 답을 듣지는 못하였지만요. 어른도 수시로 크고 작은 숙제에 직면합니다. 새로운 사람을 만날 때에도 낯선 일을 시작할 때에도 어떻게 하는 것이 좋을까 고민하며 조심스럽게 답을 내립니다. 스스로 내린 답을 따라가다가 어느 지점에 닿으면 본인의 답이 맞았는지, 틀렸는지 되짚어 보기도 하면서 말이에요.

청소년기를 지나고 있는 우리 친구들도 마찬가지일 겁니다. 매 순간순간 매서운 숙제와 맞닥뜨리고 있을 거예요. 각자의 이름과 생김새가 다른 것처럼 각자에게 주어진 숙제 또한 제각각 다를 거고요. 각자가 떠안고 있는 숙제의 무게감은 제법 공평하게 묵직할 겁니다. 누구의 숙제가 더 크고 깊다고 말할 수도 없을 거예요. 유미에게는 성적이, 혜리에게는 가족의 문제가, 우수에게는 경제적인 사정이 풀기 어려운 숙제로 자리매김한 것처럼요.

이 책을 읽고 있는 여러분에게도 숙제가 하나씩 있을 겁니다. 성적 혹은 연애 문제, 가족 문제, 친구 문제 등등. 어느 것 하나 가볍다 여길 수 없는 숙제들로 여름은 내내 찜찜하고 끈적하고 불쾌할지도 모릅니다. 하지만 모두가 아는 것처럼 계절은 반드시 지나갑니다. 그리고 나 혼자 속수무책으로 떠안아야 하는 계절도 아닙니다. 냉방 잘 된 카페에서 시원한 빙수를 퍼 먹는 것처럼 시원하게 여러분의 방식으로 여름을 이겨내길 바랍니다.

혼자서 버티기 힘들다면 곁에 있는 누군가에게 슬쩍 손을 내밀어 보아도 좋을 거예요. 나와 비슷한 여름을 견디고 있는 누군가는 슬그머니 다가온 손을 모른 척하지 않을 겁니다. 나와 함께 머리를 맞대고 무자비한 한여름을 슬기롭게 건널 수 있는 기막힌 방법을 찾아낼 수 있을지도 모릅니다.

아마도 힘들 겁니다. 힘들지 않은 여름은 없으니까요. 하지만 조금은 덜 힘들게 나아가기를 바랍니다. 너와 나의 한여름을 두 손 맞잡고 뜨겁게 건너가세요. 여러분의 한여름을 응원합니다.

2025년 한여름에, 최이랑

너와 나의 한여름

1판 1쇄 펴낸날 2025년 7월 15일

지은이 최이랑
펴낸이 김민지

편집 박다예, 최성휘
마케팅 백민열, 김하연

펴낸곳 미래M&B
등록 1993년 1월 8일(제10 772호)
주소 04030 서울시 마포구 동교로 134 미진빌딩 2층
전화 02–562–1800(대표)
팩스 02–562–1885(대표)
전자우편 mirae@miraemnb.com
홈페이지 www.miraeinbooks.com
블로그 blog.naver.com/miraeibooks
인스타그램 @mirae_inbooks

ISBN 978–89–8394–993–6 (43810)

*잘못 만들어진 책은 구입처에서 바꾸어 드립니다.
*미래인은 미래M&B가 만든 청소년, 성인을 위한 브랜드입니다.